救命センター当直日誌

浜辺祐一

集英社文庫

救命センター当直日誌　目次

救命センター当直日誌

破　裂

「いやあ、まったくすばらしいじゃあないですか、先生」

「な、なんだって、いったい、それのどこがすばらしいっていうんだい」

「だって、先生、これまで肉体的な理由で子供を作れなかった夫婦が、新しいテクニックのおかげで、自分たちの子供を持てるようになったんですから」

当直の合間に、医局で新聞を展《ひろ》げている我が救命センターの研修医が、当然じゃあないですかという顔つきで、答を返してくる。若い医者たちには、こうしたことはやっぱり、快挙として映るのであろうか。

腹の中に細い針を刺して、卵巣から取り出した妻の卵子と、どこの誰とも判らぬ夫以外の男の精子を掛け合わせて体外受精させ、その受精卵を、やはりこれまた赤の他人の女性を代理母と称して、その子宮に着床させる、そして十月十日後、赤ん坊が五体満足に生まれてきたら、自分たちの子供として育てていく……こんな話が、新聞の社会面を賑わせているのだ。

ＳＦの世界の話ではなく、そうしたことが日常の医療行為として行われるようになったのを、なんでも、『生殖革命』と呼ぶらしい。医学の最前線を紹介するはずの新聞の科学欄でも、最近ではそんな技術を、どうということもないようなものとして扱っているように見受けられる。ひと昔前には思いもよらなかった、そんな夢物語が、すでに日常茶飯のものになっているということなのだろう。

「いやあ、こういうのを、医学の勝利っていうんですよね、先生」

「そうかね、俺にはどうしても、神に逆らう悪魔の仕業《しわざ》としか思えねえんだがな」

「また先生は、そんな憎まれ口をたたくんだから」

だって、多くの悩める人たちが救われているんですよと、若い研修医は屈託がない。

「患者のニーズに応《こた》えていくことが、医療っていうことなんですから、そうでしょ、先生」

患者のニーズだって？　利《き》いた風なことを言ってくれるじゃあねえか！　なにがニーズだ、横文字にすれば何でもかんでも上等なんだと思いやがって……

最近の医療界の動向には、どうにも理解に苦しむようなことが増えてきているように思えてならないのだが、もっとも、そう考えるのは、下町の救命センター暮らしに少々くたびれている医者の、人を見るその目が、相当にひねくれたものになってしまっているからかもしれない。

＊　　＊　　＊

「先生、患者さんの収容要請です」

交通事故の患者の手術が終わって、やっと一服、コーヒーの一杯でも飲もうかというところに、毎度毎度のけたたましい東京消防庁からの電話である。

「何の患者だ」

「吐血です」

「バイタルは？」

「血圧が八〇だということです」

「年齢は？」

「五十代の男性です」

「わかった、わかった、これ一杯飲んだら行くから、先に行って準備していてくれ」

「わかりました」

出場した救急隊の名前からすれば、この救命センターに着くまでには、少し間がありそうだ。研修医たちを送り出した後で、フーッとひとつ、ため息をつく。窓の外はまだ真っ暗である。人気《ひとけ》のなくなった医局には、いつものように空調の低いうなりだけが響いている。医局の壊れかかった椅子に両足を投げ出し、深夜の手術は、いい加減、疲れっちまうよな、なんぞと独り言ちながら、苦いコーヒーをすすり上げる。途端に大きなアクビが出る。眠け覚ましのコーヒーも、どうやら効果《ご》がない。睡魔に襲われそうな目をこぶしでこすりながら見上げると、壁にかかった時計の針が、ちょうど五時を指している。

やれやれ、今夜の当直も、オールナイトフィーバーか……

＊

「お世話になります、先生」

いつものように、救急車から担ぎ降ろされた患者が、救急処置室の固い処置台の上に移される。これまたいつものように、若い医者と看護婦達が、患者の周りを取り囲む。

「血液の付いたシャツは、ハサミで切っちまってくれ」

「ズボンも切るぞ！」

患者はたちまち、素っ裸にされてしまった。

「心電図モニターを貼って！」

「意識は？」

「気道の確保だ！」

矢継ぎ早に指示が飛び、処置室の中は騒然としてくる。と、突然、患者が手足をばたつかせて、起きあがろうとする。

「ちょっと、おじさん、じっとしててくんないと、おっこちちゃうよ！」

制止を振り払おうとする患者を、三人がかりで、押さえつけにかかる。

「ダメだな、目があっちに行っちゃってるぜ、このおじさん」

口の周りに乾いた血糊をつけ、うつろに目を開いている患者には、医者の声など聞こえているはずもない。途端に、患者がひとかたまりの血液を口から吐き出した。上半身を押さえつけていた研修医の白衣の袖が、真っ赤な血飛沫《ちしぶき》で染まる。

「おいおい、勘弁してくれよ」

若い医者が思わずのけぞると同時に、モニターの警報が悲鳴を上げる。

「先生、心拍数が一四〇以上あります！」

警報につられて、研修医も金切り声を上げた。

「脈は？」

「橈骨《とうこつ》動脈ではダメです、総頸《そうけい》で、かろうじて触れる程度です」

「どうなんだ？　現場にだいぶ血液があったのか？」

患者の両足を押さえつけている救急隊に質問が飛ぶ。

「は、はい、洗面器半分以上はあったと思いますが……」

「おい、結膜は？」

患者の枕元に立っていた研修医が、患者の下瞼《したまぶた》をひんむく。

「ありゃ、真っ白ですね」

「相当出てるな、こりゃ、なんでもいいから、はやいとこ、赤玉をいれないと」

「輸血！　大至急用意して！」

患者は、出血性ショックの状態に陥っているのである。処置室は、戦場さながらに、大声が飛びかう。

＊

吐血とは、上部消化管からの出血が原因となって、血を吐くことを指す。上部消化管とは、食道、胃、そして十二指腸までを含んでいるのであるが、そうした消化管から出血をきたす病態にはいくつかある。その代表的なものは、潰瘍《かいよう》からの出血と、静脈瘤《じょうみゃくりゅう》の破裂によるそれである。

胃や十二指腸には、よく知られているように潰瘍というものができる。これは、様々な原因で、胃や十二指腸の粘膜に糜爛《びらん》がおこり、さらにそれが進行して、粘膜面が溶けて掘れていくものである。つまり一言でいえば、潰瘍とは、自らの臓器を消化してしまうことなのであるが、その途中に、血管が存在していると、当然のことながらその血管も溶かしてしまうことになるのである。

その結果、血管壁が破綻《はたん》し出血してしまうのだが、ごく細い血管であれば出血量も大したことはなく、出血も自然と止まってしまって、血液を口から吐くなどということもほとんどない。胃袋や十二指腸の中に出た血液は、そのまま腸の中を流れて行き、消化されて糞便と一緒に排泄されてしまうこととなる。その時、タール便と呼ばれる、いかにもコールタールのような黒色の便を出すことがある。この黒い色は、消化された血液の色である。

しかし、もし、破綻してしまった血管がそこそこの太さの動脈だったりすると、短時間のうちに大量の出血をきたしてしまう。そしてその血液が胃袋あるいは十二指腸の中に急速に充満し、それが嘔吐反射によって一気に口から吐き出されることになる。これが、胃あるいは十二指腸潰瘍からの出血、すなわち出血性潰瘍による吐血ということになるわけである。

もうひとつ、救命救急センターでよく見られるのは、静脈瘤の破裂による吐血である。

日常、よくお目にかかる静脈瘤は、例えば、出産後や中年の女性によくある下肢静脈瘤というものである。これは、下肢の皮膚の下に透けて見える静脈が、本来ならばまっすぐに走っている細いものなのだが、何らかの理由で、ちょうど太いミミズがくねくねと這っているように膨れあがって見えるものである。その結果、下肢の皮膚が潰瘍を起こしやすくなっていつもジクジクしていたり、ちょっとしたことで出血を起こしたりするのである。

同様のことが消化管にも起こる。特に食道や、胃の上部にそうした静脈瘤なるものが形成されるのである。胃カメラで食道や胃の内腔を観察すると、ちょうど下肢の静脈瘤と同じように、うねうねと怒張した食道静脈や胃静脈の見られることがある。食道静脈瘤あるいは胃静脈瘤と呼ばれるしろものである。こうした静脈瘤が、何らかの理由で破れると、出血をきたす。その結果、食道や胃袋の中に血液が溜まって、それを一気に吐き出すことになる。これが、食道あるいは胃静脈瘤の破裂による吐血である。

文字どおり、静脈瘤の破裂で流出するのは静脈血であり、ちょっと考えると、潰瘍に見られる動脈からの出血の方が重症になると思われがちであるが、実際には、静脈瘤破裂に伴う出血の方がはるかに大量であり、出血性ショックに陥ってしまう率も高く、また、出血多量のために、一気に心臓が停止してしまう症例も見られるぐらいである。

＊

「先生、なんとか、左手の橈骨動脈に動脈ラインが入りました！」

「よっしゃ、いいぞ！」

全員の目がモニターの画面に注がれる。

「ありゃあ、やっぱり、六〇ぐらいしかないですね、血圧は」

「こりゃかなり出てるな」

「潰瘍ですかね、この色は？」

血飛沫で染まった白衣の袖をたくし上げながら、若い医者が、吐いた血液の固まりの入った膿盆《のうぼん》に目をやった。確かに、さっき患者が吐いた血液は鮮やかな赤色であった。それだけを見れば、いかにも動脈性の出血、つまり胃か十二指腸にある潰瘍からの出血が考えやすいのではあるが、しかし、吐いた血の色だけでその出血源を言い当てることは、実際には難しい。

「いいや、静脈瘤の破裂による大量出血なんだとしたら、こんな色でも別に不思議じゃないよ」

たとえ静脈血だとしても、それが大量であると、その色は動脈血と区別がつかなくなってしまう。

「じゃあ、すぐに内視鏡ですね」

吐血の原因がどこにあるのか、それを確認する最も確実な方法は、直接、食道や胃袋を胃カメラで見てみること、すなわち内視鏡検査である。

「もちろんそうなんだが、カメラをやるまでもなく、ま、大方の予想はつくな、まず間違いなく、食道静脈瘤の破裂だよ、こいつは」

理由はなんですかというような顔で、研修医が振り返る。

「患者の腹を見てみな」

むりやり仰向けに寝かされている患者の腹部は、呼吸にあわせて上下に大きくうねっている。その胸板は、やせて肋《あばら》が浮き上がっているのだが、腹の方は、それこそ小山のように膨れ上がっており、そこだけは関取級である。腹腔の中に、大量の水が滲み出してしまっているのだ。

「こりゃ、相当腹水がたまってるぜ」

訳知り顔の医者はさらに患者の喉元あたりを指さしている。

「な、これがクモ状血管腫ってやつだ、ほら、ここにもある」

指さした先には、赤い小さな蜘蛛《くも》が、足を伸ばして皮膚にへばりついているかのように見える、拡張した毛細血管の固まりがいくつも集まっている。

「ほんとだ、教科書では知っていましたが、実物を見るのは初めてです」

若い医者がさかんにのぞき込む。

「最後は結膜だ、眼球を見てごらん、黄色いだろ」

本来なら白いはずの眼球結膜が、ちょうどタバコの脂《やに》で黄ばんだ壁紙のようになってしまっている。黄疸《おうだん》である。こうした所見は、すべて、患者の肝臓の働きがダウンしてしまっていることを物語っているのだ。

「肝硬変だな、こりゃ、しかも、もう末期だぜ」

手術着の上に白衣を引っかけただけの当直医は、うんざりしたようにひとつため息をついた。

＊

「で、何があったんですか、奥さん、詳しく話して下さい」

血腥《ちなまぐさ》い救急処置室の喧噪《けんそう》を横目でにらみながら、患者の妻から事情を聞く。

「は、はあ……」

「血を、吐いたんですよね、ご主人、そうなんですよね」

「は、はい」

「どこで、ですか？」

「ト、トイレです」

「じゃあ、それまでは普通に布団の中で寝ていたんですね」

「さあ、どうでしょうか」

「さあって、わからないんですか？」

「はあ、仕事で朝早いもんですから、先に寝ちゃうんです、いつも」

「奥さんが、ですか？」

「はい」

「じゃあ、ご主人がいつ倒れたかわからないの？」

「ええ、ただ、ガタンと大きな音がしたんで目が覚めたんですけど……」

「それでトイレに行ったら、ご主人が血を吐いて倒れていたってことですね」

ようやく話が見えてくる。

「で、これまでにも、ご主人、血を吐いたことがあるの？」

「はあ、三回、いや四回目かしら……」

「な、なんだって、一番最近はいつなの、奥さん？」

「三月ほど前、かな」

「その時は？　救急車を呼ばなかったの？」

「はあ、本人が大丈夫だっていうもんですから……」

「じゃ、なんで今回は救急車を呼んだんですか」

「はあ、何か、いつもと違って、いくら呼んでも返事しなかったんで……」

下町の救命センターあたりでは、ありがちな話ではある、と慣れてはいても、思わずあきれ顔になる。

「ご主人、何という病気があるって言われてるんですか？」

「さあ……」

「さあって、何回も血を吐いてるんでしょ、一回も病院に行ったことがないんですか？」

「ぴょ、病院が嫌いな人で、行けって言っても聞かないんですよ、私の言うことなんか」

これまた、ありがちな話である。

「ご主人、仕事は？」

「大工なんですけど、最近は、仕事がなくて……」

「こっちの方は？」

左手を猪口《ちょこ》の形にして、手首をひねってみせる。

「……やります」

「大酒飲みかい」

「はあ、あんまり飲まないでって言ってるんですが、私の言うことは、ほんと、聞かなくって……」

「朝から、やってるのかい」

「以前はそうだったんですけど、そうですね、ここ半月ほどは、ほとんど飲まなくなったみたいで……」

と、突然、堪忍袋の緒が切れたように、医者が声を荒らげる。

「奥さんね、いいかい、酒を飲まなくなったんじゃなくてね、飲めなくなってしまったんだよ、そりゃ！」

隣の処置室にいた看護婦が、その大きな声に、何？という顔でこちらに体を向けた。医者の前にある診察用の安物の丸椅子に腰掛けさせられていた妻は、どうして自分が怒鳴られているのか判らないといった風に、ポカンと口を開けた。

＊

レバ刺しやレバニラ炒めなどという料理でも判るように、本来の肝臓すなわちレバーは、ちょうど少し硬めの豆腐のような固さである。それが、文字どおり、石のように硬くなってしまう病気、それが肝硬変である。

肝臓は多数の肝細胞の集合体だが、様々な理由でその肝細胞が破壊される。そんな時、通常は肝細胞が再生されるのだが、破壊を引き起こす原因や患者自身の体質如何《いかん》によっては、正常の肝細胞ではない別の組織に置き換わってしまうことがある。線維化《せんいか》と呼ばれる現象である。この線維化のために肝臓全体が硬くなってしまう、それが肝硬変なのである。

日本人に最も多く認められる肝硬変の原因は、肝炎ウィルスの感染による慢性肝炎、特にC型肝炎ウィルスによるそれである。

A型やB型というのは、よく知られていたのだが、新しい仲間としてC型肝炎ウィルスというものの存在がはっきりと認められたのは、一九八八年ごろのことである。かつて、輸血をした後にその副作用として起こる肝炎、つまり輸血後肝炎が恐れられていたのであるが、実は、いまではそのほとんどがC型肝炎ウィルスによるものと考えられている。現在では輸血をする際に、その血液の中にC型肝炎ウィルスが存在していないかどうかチェックする体制ができているのであるが、それも、実は同様にここ十五年ほどのことなのである。そのために、それ以前に輸血を受けた患者の中に、不幸にも、C型肝炎になってしまった人たちが数多く存在する。

よくあるのが、若い時の交通事故の怪我のためとか、特に女性の場合、出産の際の大量出血のために受けざるを得なかった輸血が原因で、輸血後肝炎からそれが慢性肝炎となり、五十代、六十代になって、肝硬変に移行してしまったというものである。

C型肝炎の次に頻度が高いもの、それが永年のアルコール多飲による脂肪肝からの慢性肝炎、肝硬変への移行である。若い頃から、数十年にわたって酒を飲み続け、肝臓をいたわることなく痛めつけてきたなれの果てとしての肝硬変である。

さて、C型肝炎であれ酒であれ、その他どんな原因であるにしても、肝硬変と呼ばれる状態に陥ってしまってからは、同じ経過を辿ることとなる。酷な言い方が許されるならば、肝硬変という病気は、まさしく死病なのである。残念ながら肝硬変になってしまうと、どうあっても、死を免れるわけにはいかないのだ。問題は、それではいったい、どんな死に方をするのかということである。

強引な分け方をするならば、三通りの死に様がある。

実は、肝硬変患者の肝臓癌《がん》の発生率は、そうでない患者の場合と比べると、べらぼうに高くなる。つまり、癌によって命をもっていかれるというのが、一つ目である。

二つ目は肝不全である。肝細胞の破壊、線維化が繰り返されるために、末期肝硬変の肝臓には正常な肝細胞はほとんどなく、肝臓としての働きが全くできない状態に陥ってしまうのだ。言うまでもなく、生命を維持する上で、肝臓は必要欠くべからざる機能を有しており、その肝臓の働きがダウンするということは、すなわち死を意味する。肝不全の典型的な症状として、腹水、黄疸、意識障害などが挙げられる。

三つ目が、食道静脈瘤破裂による失血死である。正常の場合、腹部の血液は肝臓を経由して心臓に戻るのだが、肝硬変になってしまうと、肝臓が石のように硬くなってしまうために、その中を血液がスムーズに流れにくくなる。そのために、血液が肝臓を迂回して心臓に戻ることになるのだが、その経路の一つが、食道の内側を走る食道静脈と呼ばれるものである。肝硬変が進行すればするほど、迂回する血液量が増え、その結果、この食道静脈が大きく怒張していく、それがすなわち食道静脈瘤というわけなのだ。そしてそれが破裂した時、その出血量は生半可《なまはんか》なものではすまないのである。

＊

「先生、こりゃとてもダメですよ、まるで噴水ですね、口から血液が噴き出してきます！」

救急処置室には大声が飛び交い、いよいよ血腥くなっていく。

「しょうがない、ともかく止血だ、ＳＢチューブを用意してくれ」

ＳＢチューブというのは、一方の鼻の穴から、胃袋の中にまで送り込まれる細い管なのであるが、その途中、ちょうど食道のあたりに、長さ二十センチほどの細長い風船がついている。これを膨らませることによって、食道をその内側から圧迫できるような構造になっている。食道静脈瘤からの出血を、力ずくで押さえ込もうという寸法である。

苦し紛れに患者が吐き出す血反吐《ちへど》を巧みに避けながら、ベテランの医者が、そのＳＢチューブをねじ込む。

「さあ、どうだ、これでなんとか、時間は稼げるだろう」

一晩中働かされつづけている当直医の言葉には、少しばかり疲れが見える。

SBチューブと急速輸血によって、血圧をそこそこに保てるようになった患者は、集中治療室に向かうこととなった。

「おい、あの奥さんに、集中治療室の方に来るように言っといてくれ」

患者の、切り刻まれて血塗《ちまみ》れの、シャツとズボンをまとめようとしている看護婦に声をかける。

「ああそうだ、それから、詳しい話は後でするが、奥さんには、亭主のこと覚悟してろって、ひとこと言っといてくれよ」

「え？」

「どうもまだ、あの奥さん、ことの重大性がわかっちゃないらしいから」

「……わかりました」

やれやれといった顔で、看護婦はうなずいた。タイル張りの処置室の床には、幾つもの血飛沫の跡が残り、血糊となってこびりついている。患者が去っても、あたりの空気の、冷えた血の臭《にお》いは、そのままである。

＊

いつだったか、おもしろいアンケート調査があった。救命救急センターの看護婦は、どんな疾患の患者を受け持つのが嫌か、確か、そんな内容だった。

幾つもの施設で共通していたのは、食道静脈瘤破裂による吐血、それもアルコール性肝硬変が原因というものが、上位にくるということだった。

「その気持ちは判りますね、先生」

古手の看護婦が相槌《あいづち》を打つ。

「とにかく先生、生臭いんですよ、上からはドス黒い血へドでしょ、下からは鼻がひん曲がりそうなタール便、それこそ朝から晩まで汚物の処理に追われるんですから」

確かに、食道静脈瘤破裂の患者のベッドの周りは、いつも血腥さが漂っている。

「それに、肝機能が悪化すると意識状態がおかしくなって、患者さんは大声を張り上げて暴力的になってきますし、そうでなくとも、アルコール性の肝硬変の場合だったら、離脱症状がでてきますからね」

やれ天井から誰かがこちらを見ているとか、やれベッドの上をネズミがはい回っているから何とかしてくれとか、入院したがために酒が飲めなくなってしまった患者たちは、アルコール離脱症と呼ばれる妄想や幻覚に、一様にとらわれてしまうのだ。

「でもね、先生、ま、そんなことは大したことじゃないんですよ、いえね、そんなつらい思いをしても、患者さんが治ってくれるんだったらいいんですよ、治ってくれるんだったらね……だけど、ダメでしょ、肝硬変って」

肝硬変という病気は、進行することはあっても治ることのない死病である。

「ですよね、どうにかこうにか、食道静脈瘤からの出血がコントロールできて、無事退院できたと思ったら、また直《す》ぐに帰ってきちゃうじゃないですか」

食道静脈瘤の破裂に対しては、SBチューブや内視鏡を用いて、なんとか対処することができるのだが、その原因である肝硬変は手つかずのまま残っているのであり、数ケ月もすれば、また静脈瘤が出現することになる。そして、再びそれが破裂し吐血、緊急入院……こんなことを繰り返しているうちに患者は、肝臓癌になり、肝不全になり、そして確実に死を迎えるのである。

しかし、たとえ死病といえども、患者自身が病識を持ち、医者の言いつけを守り、摂生すれば、細々とではあっても、その命を永らえさせることができる。若い頃の輸血などが原因で不幸にも肝硬変になってしまった患者たちの中には、実際にそうやって、長生きしている人たちが数多くいるのだ。

「確かにそうです、だけど先生、酒が原因っていう患者さんは、ほんと、どうしようもないですよね、これが」

彼女たちが怒るのも無理はない。それは入院中に出現するアルコール離脱症ばかりが理由だというわけではない、そもそも、患者やその家族に、酒がすべての原因だという認識がないのである。

「もう懲《こ》りた、もう金輪際、酒は止めたってね、誰もがみんな、そうおっしゃるんですよ、だけど、喉元過ぎればばっていうんでしょうかね、そういう人たちに限って、直ぐに舞い戻ってくるんですよ、再吐血で」

「しかも、また、酒のにおいをプンプンさせて、というわけだろ？」

アルコール性肝硬変の患者が、アンケートの上位にくるのも頷ける。

＊

ＳＢチューブによる応急処置の後、緊急内視鏡検査が実施された。案の定、食道の粘膜面には、数珠玉のように累々《るいるい》と連なった、幾条もの静脈瘤が確認された。間違いなく食道静脈瘤の破裂による吐血である。

止血処置が終わっても、しかし、患者の容態は好転しなかった。何本もの点滴を入れられ、人工呼吸器を装着された患者は、腹部を大きく膨隆させたまま、集中治療室のベッドに横たわることとなった。

「なんとか、静脈瘤からの出血は押さえ込めたとは思いますが、ご主人の肝臓、相当ひどいですね」

内視鏡検査が終わったのは、午前の回診が終わる頃であった。患者の妻に、長時間待たせたことの詫びと、その間の状況を説明している当直医の顔色は、黒ずんでしまっている。

「はあ……そんなに、具合が悪いんでしょうか、うちの人……」

「悪いなんてもんじゃないですよ、奥さん、こんなになるまで、よくほっといたもんですね、肝臓はもうボロボロ、これで、ほんと、よく生きていられるなっていうぐらいなんですから、奥さん」

「そのう……原因は、やっぱり、お酒なんでしょうか」

主治医に報告されてきた血液検査の結果は、患者の肝硬変がＢ型やＣ型の肝炎によるものではないことを物語っている。

「酒以外にはないでしょ、奥さん！」

寝不足で目が充血している当直医の語気が、一気に、荒くなった。

「はあ……そうですか、何度も止めろと言ったんですがね、あの人、私の言うことなんか、聞く人じゃないですから……」

切迫感がさほど感じられない、妻のそのもの言いが、当直医を苛《いら》つかせる。

「いいですか、奥さん、何度も申し上げますが、覚悟だけはしといてくださいよ、今の状態では、とても命の保証はできませんからね、ご主人」

「はあ……酒、止めさせたら、大丈夫でしょうか、先生」

ついに当直医の堪忍袋の緒が切れた。

「今、奥さん、ご自分でおっしゃってたじゃあないですか、奥さんの言うことなんか聞かないんでしょ、ご主人は！」

「………」

「はっきり言いましょう、奥さん、もう手遅れなんです、こんな風になってからは、何やっても、もう遅いんですよ！」

妻のたじろぎにもかまわず、当直医は大声を上げる。

「いまさら、こんなことを言っても詮無《せんな》いことですがね、奥さん、本当にご主人のことを思うんだったら、もっと若い時に、何としてでも、酒を控えさせるべきだったんですよ、首に縄付けてでも医者につれてくべきだったんです！」

しばらくの沈黙が妻と当直医との間に流れる。その静寂を、空調の低いうなりだけが埋めている。

「……大きな声を出して、申し訳ありません、だけど、奥さんだって、ずいぶんと泣かされたんでしょ、ご主人の酒で」

「はあ……そりゃあ、もう……」

妻の顔が、一瞬、涙顔になった。

「だけど……今回のことで、懲りてくれれば……」

再び沈黙が流れる。

「奥さん、酷なようですが、もうあの肝臓では、どうしようもありません、もう、土俵を割ってると思います」

「薬かなんかで……こう、よくなりゃしませんでしょうか、先生」

ため息混じりに、当直医は妻の顔を見つめた。

「今、大量の輸血を行っています、それ以外にも、いろんな高価な薬剤を使ってますよ、でもね、奥さん、はっきり言って、そんなものはね、焼け石に水、使ったたって何の足しにもならない、ほんの時間稼ぎにしかなりゃしません！」

「…………」

「生きているうちに会わせたい人がいるんだったら、大至急、連絡をしてください、いいですね、奥さん」

＊

「何とかできませんかね、先生」

その患者の受け持ちになった若い医者が、腕組みをしながら話しかける。寝惚け眼《まなこ》の当直医が振り返る。

「おい、こういう時、患者のニーズに応えるってえのは、どうすることなんだい？」

若い受け持ちは、何をわかりきったことを聞くんだという顔で、答える。

「やっぱり、できるだけ引っ張って長くもたせてやるっていうことじゃないでしょうか、輸血していれば、何とか時間は稼げますから」

と、突然、当直医の目がつり上がった。

「じょ、冗談じゃあねえぞ、これ以上の治療は、もうやらんからな！」

「え？」

若い医者が、一瞬、怯《ひる》んだ。

「これ以上、どうしろっていうんだ、まったく、いいか、自業自得なんだよ、好きで浴びるように酒を飲んでいてこうなったんだ、患者自身は本望なんだよ、なんでこの患者が、病院嫌いだと思う、え？　自分で知ってんだよ、どうせ病院に行けば、好きな酒を止めろって医者に言われることを、よおく知ってんだよ！」

「い、いや、しかし、医者としては、ですね、奥さんの気持ちも考えますと……」

若い医者も負けてはいない。

「うるさい！　何十人もの善意の人が献血してくれた血液製剤が、湯水のごとく使われるんだぞ、しかもまるでザルだ、そんなこと、医者として許せるもんか！」

「ですが……」

「いいか、このまま楽にしてやるのが、患者のニーズに応えるってえもんだ！」

我が身のことだと知ってか知らずか、意識なく、人工呼吸器につながれ、虚ろに目を半開きにしたままの患者を、横目でにらみながらの議論が続く。

患者が求め、そして医療がそれに応えるべき本当のニーズというものは、いったい如何《いか》なるものなのか、しかし、結論などがそう簡単に出るはずもない。

それから三日後、その患者は息を引き取った。黄色《きいろ》というよりは、ドス黒いといったほうがふさわしい顔色で、鼻の奥にいつまでも残るタール便の、あの血腥さに塗れながら……

昏睡

東海大学附属病院の若手医師に始まり、京都京北病院のベテラン院長にいたる、あの森鷗外の『高瀬舟』にも描かれていたような、末期癌をはじめとする今際《いまわ》の際《きわ》の患者に対する処置をめぐって、巷間『安楽死』談義が盛んである。

不治の病であること、死期が目前に迫っていること、耐え難い苦痛があること、そして患者本人自らがそれを望んでいるということ……多少の差異はあっても、『安楽死』が法的に構成されるためにはいくつかの条件を必要とするが、これまでの判例では、こうした厳密な条件の下で行われた医師の行為については、是《ぜ》とされているようである。

ところで『安楽死』というものは、その名の示すとおり、安楽さをもたらす行為のはずである。では、それはいったい、誰に安楽さをもたらす行為なのであろうか。言うまでもなく、それは苦痛に苦しむ患者に対してであろう。つまり、その安楽さを享受するのは、苦痛を感じないですむことになる患者自身である。だからこそ、『安楽死』を構成する要件の中では、患者自身の請託《せいたく》というものが、なにより重要視されているのである。

そのことに異論をはさむつもりは毛頭無いが、我々が時おり耳にする話では、患者自身よりもその患者を看取るべき家族の要請によることの方が、どうやら多数派のようである。もちろん、法的なことを言えばそうしたことはきっと問題となるに違いない。ここで言う耳にした話というのは、だから、仲間うちの噂話というぐらいにでも思っていただければありがたい。

しかし、愛する患者のことを思い、残される家族が、その死が避けられぬものであるならば、患者が少しでも安らかに最期の時を迎えてほしいと望むことは、もちろんその家族が善人だという前提において、ではあるが、人の情として十分に共感できることであろう。つまり、『安楽死』というのは、苦しむ患者の姿を目の当たりにしなければならないというつらさから解放するという意味において、残される家族にこそ、安楽さをもたらす行為であると言ってもよいのかも知れない。

いずれにしても、『安楽死』というものは、誰かに安楽さをもたらすものであり、それが故に、『安楽死』は医者の行うべき医療行為として是認され得るものなのであろう。そう考えるのであれば、この『安楽死』問題が、少しはすっきりとするような気がするのだが……

＊　＊　＊

「お世話になります、先生、患者さんのお願いなんですが……」

下町の救命センターの話は、毎度毎度、この東京消防庁からの患者収容の要請電話で始まる。

それまで平穏なペースでこなしていた日々のルーチンワークが、けたたましいこの電話のベルで一気に壊されてしまう。朝と言わず、夜と言わず、こちらの都合には全くおかまいなしに突然鳴り響くのだ。もっとも、そんな突然の擾乱《じょうらん》を楽しめない向きであれば、こんな下町の救命救急センターに籍を置いておくことは、少々骨が折れることなのだろうが……

「で、どんな患者？」

若い研修医たちが電話の周囲に群がり、聞き耳をたてる。

「五十代の男性で、バイタルはいいんですが、昏睡《こんすい》状態なんです」

「外傷なのかい？　それとも、突然倒れたの？」

「えーと、それがですねえ、倒れているところを発見されたようで、詳細は不明なんですが……」

情報を伝える司令官の歯切れが、なんとなく悪い。

「そうか、わかった、で、場所は？」

「はあ、Ｋ公園なんです」

「ん？　Ｋ公園だって？」

集まった研修医たちが、一瞬顔を見合わせる。

「どうして？　Ｋ公園といやあ、うちよりもっと近い救命センターがあるだろうに」

「ええ、おっしゃるとおりなんですが、先生、その……」

電話の向こうの司令官の声が急に低くなる。

「ひょっとして、そりゃいわゆるひとつの浮浪者ってやつなのかい？」

「はあ……のようなんですが……」

一瞬沈黙。

「しょうがねえな、わかった、わかった、いいよ、連れといで」

「あ、ありがとうございます」

やれやれ、仕方ねえな、とため息をつきつつ、さあ、患者がくるぞと受話器を置きながら振り返ってみると、そこには誰もいない。

「お、おい、どこいったんだ、若いのは！」

そんなことなら、ルーチンワークの方が何倍かまし、とばかりに散りぢりになった研修医に、集合をかける。

「でも先生、Ｋ公園ならもっと近い病院があるじゃないですか」

「ぼやくな、ぼやくな、うちはそういう救命センターなんだから……」

救急医療の原則は、外傷はもちろんそれが疾病であったとしても、発生した現場に最も近い医療機関で、即座に適切な治療を行うというものである。が、しかし、現実はそれほど甘いものではない。

不法滞在の外国人患者、いわゆるホームレス、あるいは札つきのアル中患者の場合などは、たとえ現場のすぐそばにその病院があって、同時に医学的には緊急性の高い状態ではあっても、民間の医療機関がそうした患者に手を出すことは、なかなか難しいものがある。もちろんそうした患者の医療行為にあたっては公的な資金援助があるのだが、経済的なことだけが問題だというわけでは決してないのである。

救急医療の最後の砦《とりで》という自負を持つ救命救急センターとしてみれば、たとえ救命救急センターに運ばなければならないほどの緊急性や重症度が認められなくとも、こうした社会的背景を持つ患者の場合は収容しなければならない。救急医療ならぬ、いわゆる行政医療という類《たぐい》である。

＊

「先生、お願いします」

救急隊がかつぎ込んできた患者は、歳の頃なら六十に手が届こうかというところだろう。薄目は開いているのだが、ぼさぼさの髪と無精髭に埋まったその顔に、生気は認められない。そして、真夏だというのに、しこたま着込んでいる。しかし、着込んでいるものが何なのか、汗と泥と排泄物にまみれてまるで原型をとどめず、その元の色さえ判然とはしない。それだけならまだいい、問題なのはその全体から発せられる異様な臭気である。大小の排泄物と汗とが、幾日もの真夏の太陽で熱せられて生み出すその臭《にお》いは、言葉で表現できるものではなく、思わず吐き気を催し、顔を背けさせるものである。

「お、おい、そこの窓開けろ！」

空調が完備されている処置室の、通常の換気ではとても間に合わない。

「ど、どうすんですか、先生」

「とにかく全部脱がせろ、はさみで切ってもかまわねえ！」

患者の胸が上下しているのだけは確認ができる。間違いなく生きている。

「まだ死んじゃいねえから心配するな、まず体を洗うぞ！」

聴診したり触診したり、あるいは点滴を入れたりなんぞという気の利いた診断や治療は、後回しで一向にかまわない。ひるんでいる研修医たちの尻をひっぱたきながら、患者を素っ裸にしていく。処置室に備え付けられているシャワーとボディソープならぬ消毒薬を全身にかけ、スポンジで全身を洗っていく。首筋や足の裏は、それこそ垢《あか》で真っ黒である。体を裏表にして、陰部までしっかりとブラッシングする。

「よおし、こうなったら大サービスだ、頭も洗うぞ！」

若い医者たちは少々やけになっているようだ。

「どうだ、少しは臭いがとれたか？」

「はあ、なんとか……」

しかし、何が悲しくて最高学府の、それも医学部まで出ている者が、浮浪者の垢落としをしなければならないのか……

「こんなところ、親が見たら泣くよな、まったく」

若い研修医たちが、ため息混じりに呟《つぶや》いている。

＊

「さあて、話を聞こうか」

どうにかこうにか洗い終わった患者への処置を研修医たちに任せながら、救急隊から事情を聞く。

「はあ、それがですね先生、どうも三日ほど前から倒れていたようなんです……」

「な、なんだって!?」

救急隊の話はこうである。患者は、K公園のはずれの、ちょっとした藤棚の下に三日ほど前から倒れていた、浮浪者仲間が声をかけると、体がもぞもぞと動いていたというので、別段気にもとめられず、うっちゃられていたようだ、ところが、今日ばかりは声をかけてもピクリともしなかったらしい、その浮浪者仲間はてっきり死んだものと思って交番に連絡をしたということであった。

「ところがですね、警察官が現場に着いてよくよく見てみると……」

「まだ息があったってわけだな」

「ええ……」

「で、身元は?」

「はい、警察の話では、K公園を寝座《ねぐら》にしているということで、ずいぶん以前から知られてはいたらしいんですが……」

やれやれ、救急車呼ぶんだったら、その三日前にしろよな、まったく! いや、それより、以前からその存在をつかんでいたと言うんだったら、こんなことになる前に何とかすることはできなかったのか……

「ま、そう責められたって、救急隊も困っちまうよな」

「……はあ」

救急隊にしたところで、どうしようもないというのが本音に違いない。鼻をひん曲がらせながらも、初期の処置を何とか終えた研修医から声がかかる。

「先生、それじゃあ、レントゲン検査に上がりますよ！」

シャワーの熱気でのぼせたのか、若い医者たちは相当頭に血が上っているようである。

「先生、三日も前から倒れてたってんだったら、急患とはとても言えませんよ」

意識がない、ということで実施することになった頭部のＣＴスキャン検査を準備している最中に、若い連中が突き上げてくる。誰だって浮浪者なんぞ診たくはない。それが本音だとしても、目の前にいる浮浪者が、救命救急センターの扱うべき病態ではないという研修医たちの理屈は、確かに正論ではある。

「まあ、そうカリカリするなよ、正論が、正論にならないってえのが、これまた医療の常なんだよな、まったく」

なんぞと、理由にならぬ理屈を説きながらＣＴスキャンのモニターをのぞき込む。

「ありゃ先生、こりゃ立派なもんですよ」

＊

全身を消毒薬できれいに洗い上げられた患者は、ＩＣＵ（集中治療室）のベッドに横たえられることになった。救急車でかつぎ込まれてきた時と同様、意識は昏睡状態のままである。

先ほどまでの吐き気を催すような臭いは何とか薄れ、今は消毒薬に含まれている微かな香料の香りが漂っている。しかし、足の裏を見ると、いまだにドス黒い。無理もなかろう、何ケ月、いや何年にもわたる路上生活の垢が、そう簡単に落とせるはずもない。

「先生、どうしましょうか」

鼻の穴から気管の中にいたるチューブを入れられて、何とか呼吸だけはできている患者を前にして、受け持ちの研修医が思案顔で尋ねてくる。

この不幸な浮浪者の意識のない原因は、頭部ＣＴスキャン検査の結果で一目瞭然であった。橋出血《きょうしゅっけつ》、高血圧が原因と考えられる脳内出血の一つである。しかし通常の高血圧性脳内出血は、いわゆる大脳半球内に認められるが、この橋出血は、橋すなわち、脳幹部と呼ばれる脳の最も深い部分の出血である。

この橋と呼ばれる部分を含む脳幹部というところは、脳の幹《みき》という名の通り、生命の中枢であるといわれる。人間の根本的な意識を司《つかさど》り、また、体の隅々にまで大脳からの指令を伝え、また大脳に末端の情報を伝えるすべてのケーブルが通っているところである。さらには呼吸や循環といった生命維持のための基本的機能を制御する中枢が存在する、まさしくコントロールタワーなのだ。生命中枢と呼ばれる所以《ゆえん》である。

その脳幹部に出血をおこすとどうなるのか。出血の程度によって、症状は様々であるが、大方の場合、突然意識を失って倒れ、手も足も麻痺してしまう。

脳の最も深いところに位置することもあって、その血腫を手術で取ろうという試みもまず行われない。成り行きを見守るだけが、我々にできることなのである。なかには、奇蹟的に意識が回復し、社会復帰のかなう例もあるが、大半の場合は、短時日の内に呼吸が止まったり血圧が維持できなくなって命を落とすことになるか、たとえ命は取り留めたとしてもいわゆる植物人間どまりになってしまうのが関の山である。

「さあて、どうするかな……」

「しかしこれほど大きな血腫も珍しいですね」

「うん、ま、CT検査の結果からすれば、おっつけ呼吸が止まるだろう」

「どれぐらいもつでしょうか」

「そいつはわからんが、そんなに長くはないと思うよ、数時間もつかどうか……」

この疾患の場合、呼吸が止まれば、その時が寿命だと言える。その寿命を全うするまで見守るというのが、この不幸な浮浪者に対する治療方針となった。

え？　不幸？　息のある間に病院に運ばれ、積年の垢を洗い流してもらい、そして柔らかなマットレスの上でその最期を迎えることになったのである。不幸であるはずがないではないか……このことは、確かに若い医者たちが言ったように、本来の救命救急医療とはかけ離れたものであろうが、それはそれで、意味のある医療行為には違いあるまい。あるいは、医者の役割は、実は人の寿命を全うさせることだ、なんぞという屁理屈で、研修医たちを慰めることもできるかも知れない。

しかし……しかし、現実とはままならぬもののようである。

＊

「おい、何日経ったっけ」

「かれこれ……十日になります」

「意識状態は？」

「相変わらず昏睡状態です」

「……そうか」

今にも止まりそうなほどだった呼吸が、徐々に安定し、規則正しいものに落ち着いていった。血圧の方も、若干高めではあるが問題なく安定している。

「何か特別なことでもやったのか」

「いえ、見守っていただけですが……」

「そうだろう、そうだろう、そういうものなんだよ、な」

「え？」

医者が、良かれと思ってごちゃごちゃといじくるよりは、何もしない方が長生きする、なんぞということはよくあることなのである。

「ところでやっぱり、身元不明のままなのかい？」

「ええ、以前、福祉事務所も入って、本人のためにいろいろと骨を折ったらしいんですが、どうも本人がそうしたことを拒絶していたようで……」

「家族は？」

「全くわからないということです」

どうやら、見通しが甘かったようだ。あれほどの橋出血なら、もって二日ぐらいのものと思っていたが……普通ならば、ご本人の生命力のたまものでしょう、と家族にうそぶくところではあるが、今回は事情が違う。

「静かに逝ってくれるとばかり思っていたんだが、こりゃやっかいだな」

規則正しく上下している患者の、肋骨《あばら》の浮き出た胸を、しばらく無言で見つめる。

「十日経ってもこれなら、間違いなく植物人間だ……」

主治医の顔はさえない。

「先生、それじゃあ、安楽死っていうのはどうでしょうか？」

研修医の、突然の明るい声に思わず振り向く。

「な、何だって？　あ、安楽死？」

不治の病であること、死期が目前に迫っていること、耐え難い苦痛があること、そして患者本人が、あるいはそれを見かねた家族が、それを望んでいるということ、これが『安楽死』の構成要件であったはずである。では、いま目の前にいるこの患者はどうだろうか。果たして不治の病で死期が迫り、苦痛に歪んだ顔をしているであろうか。

確かに、脳幹出血のために昏睡状態であり、四肢の動きも麻痺している。しかし、発症後十日を経過し、自力で呼吸することもでき、血圧も安定しているのだ。このことは、食物を何らかの形で摂取することさえできれば、生命を維持することが可能だということを意味している。事実、我々がこの患者にいま行っていることは、胃袋に流動食を流し込み、褥瘡《とこずれ》ができないように定期的に体の向きを変えてやること（体位交換という）、そして下の世話、それだけである。しかし、それを続ける限りにおいて、この患者は生き続けることができるのである。だとすれば、意識が戻るということにおいて不治ではあっても、決して死期が迫っているとは言えないであろう。

しかし何より、この浮浪者自身が自らの死を望んでいるのだろうか。

「ほんとのところは、本人に聞くしかないのでしょうけど、だけど先生、福祉事務所の援助も断ってるんですよ、生き続けることを望むなら、そんなことはしてないはずですよ」

「……つまり、野垂《のた》れ死んでもかまわないって、自分でも思っているっていうことかい？」

「ええ、そう思われても仕方がないんじゃないでしょうか」

研修医の言い分も、理解できないわけではない。しかし、正しい意味での『安楽死』は、患者やその家族の苦しみを取り除き、彼らに安楽さをもたらすものであったはずである。脳幹部をやられて昏睡状態にあるのだとすれば、おそらく自分の存在を意識することすらもはや不可能である。それは、患者自身が苦痛を感じているということもなければ、苦痛に歪んだ顔を周りの人間に見せつけるということも有り得ないということである。まして係累を否定し、その家族の存在すら不明なのである。つまり、この浮浪者が生き続けることで、実は誰も苦しんではいないのである。

だとするならば、この患者が逝ったところで、いったい誰がその苦しみから逃れて安楽になるというのか……。

しばらくの思案の後、研修医が顔をあげる。

「……そうですね、そんな患者の受け持ちになってしまった主治医や看護婦たちだって言ったら、叱られますかね？」

研修医が肩をすくめる。

『安楽死』は、家族愛のなせる美談として、あるいはヒューマニティーあふれる医師のヒロイックな善行として、時にマスコミを賑わせ、聞く者の涙を誘う。しかし、下町の救命救急センターに人知れず突きつけられてくる現実は、そんな甘美なものではない。

「安楽死っていったって、でも、どうやってやるんだい？」

「別に難しくはありませんよ、栄養投与をやめりゃいいだけですからね」

胃袋への流動食の注入を中止すれば、一、二ケ月はもつかもしれないが、最後には、皮と骨だけになり餓死してしまうことになる。もちろん、この患者が空腹にもがき苦しむということはない筈《はず》である。

「そうすれば、安楽な死がこの患者にもたらされるじゃないですか、先生」

「おいおい、安楽死ってえのは、安楽な死を意味するんじゃないぜ」

「もちろんわかってますよ、だけど先生、我々はこの患者さんを、いったい何のために、生かし続けているんでしょうか？」

「ん？」

「この患者が死んだところで、誰も苦しみから解放されることはないかも知れないけど、でも反対に、こんな生き様をさせることで、いったい誰が喜んでくれるというんでしょうか、先生」

研修医たちの追及は手厳しい。

……まあ、そうつっかかるなよ、なあに、なにごとに対しても、そんなにすっきりとした答を簡単には出せないってえのが、救命救急医療……いや医療そのものってことなんだぜ……とぼけて煙に巻くしか、どうやら、彼らからの突き上げをかわす手だてはなさそうな按配である。

解　離

天気予報に「降水確率」というしろものがある。

「明日の東京地方の降水確率は、午前中は二〇パーセント、午後は三〇パーセントです」というおなじみのものである。この降水確率は、日常生活ではすっかり定着したものとなっており、未だによくその意味が判らないなどと言うと、笑われてしまうかもしれない。

そもそも気象庁は、しかし、いったいどういう方法で降水確率なるものをはじき出しているのだろうか。おそらく、過去の天気図をひっくり返して、まず、その日と同じような気圧配置の日を探し当てる。そして、実際に次の日はどんな天気だったのか、過去のデータを収集する。そのうち「晴れ」の日は何日あった、「くもり」の日は何日あったとカウントしてゆき、「雨」の日は何日あってそれが全部のうちの何パーセントであったかを計算する、それがすなわち、降水確率ということなのだろう。

しかし、正確に言えば、それは統計的事実なのであり、日常的な意味での確率とは似て非なるもののはずである。例えば、コインを投げて表の出る確率は二分の一で、サイコロを振って一の目が出る確率は六分の一である（もちろん、イカサマがないとしての話ではあるのだが）。それと同じで、天気の種類が、「晴れ」と「くもり」と「雨」しかないのだとしたら、あした雨の降る確率は、いつだって三分の一ではないか……なんぞと、子供だましのようなことを考えてしまうのは、学生時代を統計学の講義を一度も聞かぬままに過ごしてしまった救命センターのヤブ医者だけではあるまいに、と思う。

といった戯《ざ》れ言《ごと》はさておき、実は、医者というのは、この手の話を好む人種のようである。

＊　　＊　　＊

「お世話になります、東京消防庁です」

毎度毎度の夜明けの電話である。

勤務明けまで、もう一息だったってえのに、まったく……救命センターには、『春眠暁を覚えず』などという風流は望むべくもありゃしない。

「はいはい、何の患者さん？」

当直医の電話に出る声は、眠たげに靄《もや》がかかっている。

「患者は、八十二歳の女性、自宅のトイレで倒れた模様です」

そういやあ、ここんとこ、花冷えの日が続いていたからなあ、年寄りには応えるのかもしれないなあ、なんぞと勝手に納得しながら話を進める。

「症状は？」

「胸部と背部、特に左胸を強く痛がってるとのことです」

「バイタルは？」

「顔面蒼白で、冷や汗をかいているようですね」

「脈は触れているのかい」

「かろうじて、橈骨《とうこつ》動脈で触れるという報告ですが……」

「ショック状態だってことだな、で、既往歴は？」

「はあ、ご家族の話では、これまでこれといって特に大きな病気はないそうです、ただ高血圧を指摘されてはいるということなんですが、かかりつけの医療機関があるということではないそうです」

「そう、わかった、いいよ、連れてきてくださいな」

「わかりました、先生のところまで、十五分ほどで参ります」

受話器を置いて、ひとつ大きく伸びをする。どれ、それまでに熱いコーヒーでもいれて、目を覚ましておくとするか……

「……なんか電話が鳴ったみたいですが、先生……」

夢の中で電話のベルを聞いた研修医が、寝惚け眼《まなこ》をこすりながら、仮眠室から出てくる。

「早く顔を洗ってこい、おまえたちだけは、ほんと、風流の固まりだな」

＊

「おい、どうなんだ、脈が触れるのか？」

ストレッチャーに横たえられた患者の両脇にしゃがみ込んで、その手首の脈を触診している若い医者たちに声をかける。

「右の橈骨動脈はよく触れますね」

「左は？」

「…………」

「どっちだ、触れるのか、触れないのか」

「……触れませんね、やっぱり」

「足は？ 鼠径《そけい》はどうだ」

「左はよく触れますが……弱いですね、右は」

ストレッチャーの上には、痩せた小柄な老女が仰向けに寝かされている。腰が曲がっているためだろう、ストレッチャーの上で水平に体位を保つのが難しく、顔がどうしても左を向いてしまう。白髪頭を引っ詰めにしたその顔には、深い皺《しわ》が何本も刻まれている。

「おばあちゃん、おばあちゃん、痛いの？ ねえ、痛いのかい？ どこ？ どこが痛いの、ねえ、教えてよ」

患者の顔をのぞき込みながら、その表情の変化を見落とすまいとするのだが、痛みでままならないのか、患者は、きつく目を閉じたまま、ウーウーと唸《うな》っているだけである。

「隊長さん、現場ではどこを痛がってた？」

処置室の中で待機している救急隊が状況を説明する。

「一緒に住んでいる息子さんの話ですと、おばあちゃん、少しボケ始めているらしくて、言葉があまりはっきりしないらしいんですよ」

「指令室の話だと左胸を痛がってるってことだったけど」

「はあ、息子さんだけは、おばあちゃんの言っていることがわかるらしくて……」

その老婆には、いつものように、次々と処置が施されていく。腕の静脈には太い点滴の管が、尿道から膀胱内には尿を導き出すこれまた太い管が、そして右手の橈骨動脈には、血圧をモニターすべく、細い管が入れられる。

同時に、心電図をとるための、何色もの電極がその胸に貼り付けられる。

「血圧は？」

「八〇……ぐらいですかね」

「心拍数は？」

「一二〇ほど、少し頻脈《ひんみやく》です」

「何ですかね、先生、この痛みは」

若い医者が振り返る。

「やっぱり、心筋梗塞《こうそく》でしょうか」

患者の顔をのぞき込んでいた研修医が顔を上げる。

「そうね、痛がり方だけからすると、いかにも心筋梗塞のような感じだが……心電図はどうだ」

「……特に虚血などの変化は、ないようです」

心電図の記録用紙を手にした研修医たちは思案顔である。

「だろうな、このおばあちゃん、まず間違いなく解離性大動脈瘤《だいどうみゃくりゅう》だよ、だけど……」

＊

全身に血液を送り出すポンプの役割をするのは心臓である。その心臓から体の組織の隅々にまで血液の流れていく経路が動脈である。その動脈は、いったん心臓から頭側に向かい、首の付け根あたりで弓なりに反転し、背骨に沿って下降し、横隔膜《おうかくまく》を貫く。腹部に入ってさらに下降し、下腹部で二股に分かれて、左右の鼠径部から、下肢に向かうこととなる。その走行部位に応じて、上行大動脈、大動脈弓部、下行大動脈、胸部大動脈、腹部大動脈……と命名されている。

こうした大動脈から、種々の組織へ、例えば、大動脈弓部からは上肢へ行く左右の鎖骨下動脈や、頭部に行く左右の総頸動脈が、腹部大動脈からは、胃や肝臓に行く腹腔動脈、小腸や大腸に行く腸間膜動脈などが枝分かれしている。それはちょうど、町中の地下に張り巡らされている水道管のようなものだと思っていただければよい。

この水道管ならぬ血管の壁は、その内腔側から、内膜、中膜、外膜と呼ばれる三つの層からできている。この構造によって、水道管というより、ゴムホースと呼んだ方がふさわしいような柔らかさ、すなわち弾力性を保っているのである。

ところが、この弾力性が何らかの理由で保てなくなると、ゴムホースの一部分がその全周にわたって緩くなってしまって、ちょうど蛇が卵を丸呑みした時のようにそこだけが大きく膨れ上がってしまう。あるいは、血管壁の一部分だけに緩みが生じると、本来なら円筒形のなめらかな血管が、ちょうど風船ガムを膨らましたように、いびつに膨らんでしまうことがある。

こうした動脈壁が緩んで膨れ上がる病態を、動脈にできた瘤《こぶ》、すなわち動脈瘤と呼ぶ。そしてそれらが出現する部位によって、例えば、胸部大動脈瘤、腹部大動脈瘤などと命名されることになるのである。

ところで、動脈瘤と呼ばれるものの中には、いま述べてきたものと趣の全く違ったものが含まれている。風船ガムや卵を丸呑みした蛇のようになるものは、その形から嚢《のう》状あるいは紡錘状動脈瘤と呼ばれるもので、原則として、動脈壁の三層構造は保たれているのだが、こうした層構造を保てなくなってしまった動脈瘤というものが存在する。

血管壁は、先にも述べたように弾力性を保つために特殊な筋肉や線維からできており、それなりの厚みを持っている。それが大動脈ともなれば、数ミリメートルの厚さになるのだが、その厚い血管壁の内膜側が、何らかの理由によって傷つくことがある。胸部や腹部の大動脈だと、その部分に高い圧力がかかり、傷の中に血液がジェットのように入り込もうとする。その結果、厚い血管壁の中膜の部分だけが、裂けてしまうことがある。これを、血管壁の『解離』と呼ぶのである。

正常の場合、血液は内膜で囲まれている血管の内腔だけを流れるはずなのだが、解離を起こすと、その裂けた血管壁の中にも血液が入り込んでしまうことになる。わかりやすく言うと、もともとの血管の中（真腔《しんくう》）に、もう一本別の血管（偽腔《ぎくう》）ができてしまうのである。こうした状態を、解離性大動脈瘤と呼んでいる。

しかし、解離を起こしている部分の動脈は、見た目のことをいえば、正常よりも太くなっている程度で、瘤という感じは全くない。そのため、言葉から連想されるイメージを嫌って、解離性大動脈瘤と言うよりも、医者の仲間内では、大動脈解離と呼ぶことの方が多いのである。

「解離が進む時、つまり血管壁が裂けていく時の痛みは、半端《はんぱ》なもんじゃあない、それこそ死の恐怖を伴うといわれているくらいだ」

「心筋梗塞の時の痛みも、やはり死の恐怖を伴うと言われていますよね」

「もちろん痛みだけじゃあ、診断はできないよ、事実、心電図は正常だからな」

「それじゃあ、解離だという根拠は？」

「手足の脈の触れ方だ」

患者の、左右の橈骨動脈を同時に触れながら、当直医が言葉をつなぐ。

「右ではよく触れるんだが、左ではほとんど触れない」

当直医の指は、そのまま患者の鼠径部《そけいぶ》に移っていく。

「ところが、鼠径部では逆に左の方がよく触れる……」

研修医たちが、それぞれに患者の脈を取った。

「そう、解離の場合には典型的だな、こういう脈の触れ方は」

大動脈の壁が裂け、本来の血管の中に偽腔と呼ばれる別の血管ができる。解離と呼ばれるこの現象が、特別な場所、例えば大動脈から左鎖骨下動脈（左手の方に行く血管）が分かれる所で起こってしまうと、偽腔の膨れ方によっては、左鎖骨下動脈への血流が十分に保たれないというようなことが起こってしまう。この患者のように、右の手首の脈がよく触れるのに左が弱いという場合は、解離が弓部から下行大動脈にかけて起こっているのだろうと考えられるわけである。

なるほど……と、若い医者たちがうなずく。

「それから、鼠径部でも左右差があるということは、その解離が下行大動脈から、かなり下の方まで進んでいることを意味しているってわけだ」

「右、左が、上肢とは逆ですが……」

「通常の場合、解離は大動脈の中をねじれながら進むものなので、むしろその方が一般的なんだ」

研修医たちが納得しているそばから、しかし、訳知り顔の別の医者が声を上げる。

「だけど先生、解離にしちゃあ、ずいぶん血圧が低いんじゃあないんですかね」

多くの場合、大動脈解離を起こすと、血圧が跳ね上がる。上が二〇〇を超えることも珍しくなく、中には、二五〇や、三〇〇以上になってしまうこともざらにある。

「そうなんだよな、それがさっきから引っかかっているところなんだが……」

全員の目が、モニターに集まる。血圧はやはり、八〇あたりをうろうろしている。

「ま、とにかく検査だ、レントゲン検査にあがるぞ！」

初療を終わった患者は、ストレッチャーの上で、やっぱり、唸り声をあげて、背中を丸めたまま横たわっている。

＊

「おい、昨日の天気予報だと、今日は朝から雨じゃなかったっけ？」

何人もの若い医者たちに押されたストレッチャーが、レントゲン室への渡り廊下を疾走していく。その廊下の、中庭に面した窓からは、明るい朝の日の光が射し込んでいる。

「えっ？　はあ、確か、今朝の降水確率は八〇パーセントだとか言ってましたけど、それが何か……」

ストレッチャーの最後尾についていた研修医が、この忙しい時に、なに下らないことを言ってるんだという表情をしながらふり返る。

「いや、なに、天気予報が大はずれしたんだなって、そう思っただけだよ……」

研修医たちは、足の遅い当直医には構いもせずに、先を急いだ。

老婆の診断がつくまでに、さほどの時間はかからなかった。やはり、大動脈解離であり、下行大動脈から解離の始まるⅢb型と呼ばれるタイプのものである。

「相当年季が入ってますね、このおばあちゃん」

胸部のレントゲン写真を見ていた研修医が腕組みをする。通常、大動脈というものは、レントゲンでは映らないものなのだが、目の前の写真には、その大動脈の輪郭が、ちょうど白い絵の具でなぞったようにくっきりと浮き出ている。動脈壁の石灰化と呼ばれるものである。

「バリバリの動脈硬化ですよ、こりゃ」

本来なら柔らかいゴムのような弾性を持っていなければならない動脈の壁が、加齢と長年の高血圧のために痛めつけられてきた結果なのであろう、それこそガラスのように脆《もろ》くなってしまっているのだ。大動脈解離の第一の原因は、この動脈硬化、高血圧である。

「おい、心臓血管外科の当直に連絡してくれ」

検査結果を見終えた当直医が、声をかける。

「あれ？　先生、オペになるんですか」

通常、Ⅲb型の大動脈解離の場合、緊急手術になることはほとんどなく、まずは跳ね上がった血圧を十分に下げるという内科的治療が行われる。血圧を下げることで、解離が拡がるのを抑え、なんとか偽腔の中の血液を固めてそれが膨れ上がるのを阻もうという寸法である。上手くいくと、手術などしなくとも痛みが取れ、一ヶ月ほどで退院することが可能となる。

「普通のⅢb型ならいいんだが、ほら、胸の写真と、CTを見てみな、左の胸腔に溜まりがあるだろ」

研修医が、当直医の示すレントゲン写真を見る。

「……血胸ですね」

「その通り、CTを見ても、大動脈周囲の縦隔《じゅうかく》から、左の胸腔にかけて造影剤がしみ出ているだろう」

「……確かに」

「ただの大動脈解離じゃなくて、間違いなく、解離した部分が一部破裂して、出血しているんだよ」

ひとことで言えば、解離によって脆くなってしまった大動脈の壁の一部に、穴があいてしまっているというわけである。

「血圧が低いのは、このためだ」

「と、いうことは……」

「そう、この出血をなんとかコントロールしてやらないと、このおばあちゃん、命をもってかれるってことだ」

「手術でなんとかできるんでしょうか」

「なんとかできるとすれば、手術しかないだろうな」

病室にあがります、という声で当直医がふり向いた。

「血圧は、いくらだ？」

「今は……一二〇ぐらいあります」

血圧が上がったところを見ると、出血が少し落ち着いたのだろうか、なんとか間に合えばいいのだが……

「わかった、とにかく心臓血管外科への連絡を急いでくれ！」

脳外科や、整形外科などの専門医たちをスタッフとしてかかえている救命救急センターでは、たいていの手術を自前でこなしてしまうことができるのであるが、時にはそう簡単に事が運ばない場合がある。特に、今回のように大血管に関する手術の場合は、人工心肺と呼ばれるような大がかりな機器類を必要とすることがあり、そんな時は、モチは餅屋、慣れた心臓血管外科医に登場願うのが、皆の幸せというものである。

「とは言うものの、はたして、心臓血管外科が手術を引き受けてくれるかどうか……」

当直医は、独り言《ご》ちながら、ストレッチャーの後を追った。

＊

「どうですかね、先生」

寝起きの顔の心臓血管外科の専門医と一緒に、患者の病状とレントゲン写真を検討する。

「うーん」

「うーん、ていうのは……」

レントゲン写真をにらんだまま、専門医はしばらく押し黙った。

「幾つって言ったっけ、患者さんは」

伸びたあごひげをさすりながら、再び口を開き、視線をこちらに向ける。

「八十をふたつみっつばかし、超えてるんですがね」

当直医の説明に、フーッと一つ、大きく息をつき、心臓血管外科の専門医は、その手を項《うなじ》に持っていく。そして、頭を傾げて視線をはずし、目を閉じた。

「先生、こりゃ、手術はないよ」

「と、言うと……」

「胸腔内への出血を伴った大動脈解離という病態っていうのは、ほんと、予後が悪いんだよ、正直なこと言うとね、このおばあちゃん、よくここまでもってるなっていう感じかな」

再び目を開いた専門医と視線を交わした当直医も、思わず片目を閉じて顔をしかめる。

「なんとか、血圧が一〇〇を維持できてるんで、出血が多少なりともおさまったのかと思ってたんですが、やっぱり、難しいですかね」

当直医の方も、うすうすは感じていたようなもの言いである。

「うん、レントゲンの所見で動脈硬化が相当にひどいようだし、おまけに、この年齢じゃあねえ、とてもやる気にはならないよなあ」

「……手術の適応がない、というわけではないんですよね」

「うん、もちろん、手術の適応が、あることはあるんだろうけどね」

「それじゃあ……」

「……もっと歳が若くて、活きがいいとやってもいいんだろうけど、こういうケースって、やっぱり、術中死っていう確率が高いんだよ、ほんとに」

レントゲン写真に目をやりながら、専門医は、寝癖のついた髪の毛を、何度もその手で撫で付けた。

「あんまり、いい思い出はないな……実のところ」

「もし、先生のところで無理だとおっしゃるならば、どこか、他にやってくれるところへ転送する必要がありますか、例えば大学病院とか……」

「いや、大学病院でもだめだろうな、手術成績が大きな問題になるようなところだから、なおのこと、受け入れてはくれないと思うよ」

「………」

「どこの施設でも、十中八九、このケースでは手を出さないはずだし、残念だけど、この状態では転送はできないよ」

「そうですか……」

「ま、そういうことだから、今回は勘弁してくれよ、先生」

じゃ、あとはよろしく、と髪の毛の寝癖の直らぬまま、心臓血管外科の専門医は救命センターを後にした。

「おばあちゃん、どうしましょうか」

「さあて、手術をしない以上、痛みを取って、少しでも楽にしてやるぐらいしかないだろうな」

老婆には、モルヒネが投与されることになった。

＊

「先生、家族が、どうしても手術をしてほしいと言ってるんですが……」

病状を家族に説明に行った若い医者が、思案顔で戻ってきた。

「なんだって？」

老婆の処置がようやく一段落し、朝の申し送りまでの短い時間、医局で目覚ましの熱いコーヒーをすすっていた当直医が、肩越しに振り返った。

「もちろんですよ」

「おいおい、ちゃんと病状は説明したんだろ」

「じゃ、なんでそんなことを、家族が言うんだよ」

「さ、さあ、どうしてなんですかね」

若い医者も、不思議そうに頭をかいている。

「どんな説明をしたんだ、いったい」

「ど、どんなって……」

当直医がコーヒーカップを置いて、向き直った。

「おばあちゃんの診断は、解離性大動脈瘤の破裂である、今の状態では手術をすることもできないので、このまま様子を見るしかない、ただ、歳が歳だから、いつどうなってもおかしくないと……」

「なるほど」

「そしたらですね、息子さん、なんとか手術してくれないだろうかって言うんですよ」

「でも、手術はできないって説明したんだろ？」

「はあ、何度も言ったんですが……」

若い医者は、首をひねっている。

「その息子さんって、なに、コミュニケーションに問題のありそうな人なのかい？」

「いえ、普通に会話できる人です」

押し問答している医者の顔が浮かぶ。

「そう、それで？」

「はあ、それじゃ、もう一度検討してみましょう、ということで、その場は収めたんですが……」

「わかった、わかった、息子さんにはもう一度、俺から話をしてみよう」

大方こういう時は、医者の説明が悪いと相場が決まっている。当直医は、申し訳なさそうにしている若い医者を医局に残し、再び老婆のベッドサイドにむかった。

モルヒネが効いたのか、先ほどまで寄せられていた眉間のしわもなくなり、呻き声もほとんど聞こえないほどになっていた。血圧は低めのままであるが、呼吸も楽そうに見える。

「なんとか落ち着いてるな」

そう当直医が思った時、さっきまで明るい日の光が射し込んでいた病室が、突然翳《かげ》ってきた。

「あれれ？　やっぱり、天気予報の通りなのかな」

当直医は、窓の外を見上げた。

＊

「さ、どうぞ、お座り下さい」

応接室のソファに腰掛けた息子は、歳の頃なら、五十を過ぎたばかりというところだろうか、落ち着いた様子で、当直医の顔に視線を向けている。

「えーと、おばあちゃんの状態について、受け持ちの医者から説明があったかと思うんですが……」

「はい、先ほど、うかがいました」

「どんな話だったでしょうか」

「はあ、何か、大動脈って言うんですか、体の中で一番太い動脈が裂けてしまったんだとか」

「解離性大動脈瘤といいます」

「それが、裂けているだけだったら、まだいいんだが、どうやら胸のあたりで穴があいているらしくて、そこから出血をしているというお話でしたが……」

時折、視線が宙をさまようものの、息子のもの言いは落ち着いており、その表情からもインテリジェンスの高いことがうかがわれる。

「で、今後のことに関しては、どのように話をお聞きでしょうか」

「はい、様子を見るしかないと、ただ、その間にどうなってもおかしくないので覚悟だけはしておいてくれと……」

「そうなんです、なんとかこのまま血圧がコントロールできて、出血がおさまってくれれば、先が見えてくるんですが……」

「見通しはどうなんでしょうか」

「はあ……きびしいと思います、とても」

息子は、膝の上に置いた手を強く握りしめた。

「あのう……先ほどの先生のお話ですと、その穴のあいたところを手術できれば、ということでしたが……」

「もちろん、そうできればそれに越したことはないんですが、おばあちゃんの場合はですね」

「手術ができないと……」

「その通りです」

当直医の話に、息子は、腕組みをしながら、視線を床に落とした。少しの沈黙の後、息子が顔を上げた。

「さっきの先生にも申し上げたんですが、先生、やっぱり手術をしていただけないでしょうか」

身を乗り出し、すがるように、息子は当直医の顔を見つめた。

「はあ……手術をするといっても、おばあちゃんの場合、そう簡単ではないんですよ」

「難しい手術なんでしょうか」

「ええ、ま、難しいというか、おばあちゃんのような場合は、危険性が非常に高いんです」

「でも先生、今の話では、このまま様子を見ていてもよくなる可能性はほとんどないんですよね」

「ええ、まあ、そりゃそうなんですが、医者としては、そんな危険なことを、患者さんに対して行うわけにはいかないということなんです」

息子は、しばらくの間、その手を額に当てて目を閉じた。

「はっきり申し上げますと、手術を行った場合、我々としては、手術室から生きて帰ってこられないという確率が、非常に高いだろうと考えています」

「しかし……」

「もちろん、イチかバチか、手術に持ち込むという手がない訳じゃありません、しかし、まさしくイチかバチかなんですよ」

「だからそれは……確率的には低くても、うまくいく可能性もあるってことなんでしょ」

「そりゃ、言葉の綾《あや》ですよ！」

思わず、当直医の語気が荒くなった。しかし、息子の方も怯《ひる》まない。

「だから、そのイチかバチかで、手術をしてもらえないでしょうか」

「さあて、困りましたね、我々としては、助かる確率がほとんどゼロに近いような手術を、やるわけにはいかないんですよ」

「そこを一つ、何とかなりませんでしょうか、先生、お願いします」

息子は、そう言うと、手を合わせて、頭を下げてみせた。

＊

その日、雨が降ったり日が照ったり、果たして天気予報の降水確率があたったのかはずれたのか、判定の難しい空模様となってしまった。

結局、老婆は、その日の夕方遅く、息を引き取った。麻薬による鎮痛が効いていたのか、患者は最後まで苦しいという素振りを見せなかった。まるで眠りに入っていくかのような臨終であった。

「いい死に方じゃないですか、あのおばあちゃん」

霊安室の帰りに研修医が声をかける。

「あの息子さん、でも、最後まで憮然《ぶぜん》とした表情でしたね」

「無理もないだろうな、こっちは息子の要望を突っぱね続けたんだから」

——何と言われても、何度お願いされても、手術はしません、我々にはできないんです、おばあちゃん、このまま見守りましょう、それが我々の治療方針ですから……

「しかし、どうして、あんなに手術することにこだわったんでしょうか」

「ん？」

「だって、あの段階で手術するっていうのは、確率的に言えば、それこそリスクがべらぼうに高いわけですから、手術を受けるべきじゃないっていうことは、ちょっと考えればわかりそうなものなのに……」

「おそらく、あの息子、そんな確率なんぞ全然考えてなかったと思うよ」

「まさか、だって、成功する確率はどれぐらいなのかって、何度も何度もこちらに尋ねてましたけど……」

「じゃあ聞くが、もしおまえさんがあの息子の立場だったとして、いったい成功率が何パーセントぐらいだったら、その手術をおばあちゃんに受けさせるべきだって考えるんだい」

「……どうですかね」

「五〇パーセント？　それとも六〇パーセントかい？」

「うーん、そう言われると、確かに難しい問題ですね」

「だろ？　絶対成功する、つまり、成功率が一〇〇パーセントの手術ではない限り、それが七〇パーセントだろうと、五パーセントだろうと、その手術を受けさせるかどうかについて迷うという点では、何の違いもないんだよ」

「なるほど……」

研修医は、思案顔に手のひらを添えて、大きく頷いた。

「でも先生、成功率がゼロ、つまり絶対に手術が上手くいかないっていうことがわかっていたら、その時は手術を受けさせないんでしょうね」

研修医の問いかけに、当直医は、一呼吸置いてこたえた。

「……いや、おそらく、その場合でも、手術をしてくれって言ったかもしれないよ、あの息子なら」

あの息子を突き動かしていたもの、それはきっと、最愛の母親の命が消えようとするそんな時に、手をこまねいてその死を待っているだけの自分というものは何としても受け入れられないという思いこみだったのではないか。だとすれば、たとえ成功率ゼロの手術ではあっても、それを決断するということがあの息子にとっては重要な意味を持ったに違いない。

「つまり、医者がこだわる確率や数字なんざ、切羽詰まった家族の前では、天気予報の降水確率ほどにも役に立たないっていうことさ」

当直医が立ち止まった。

「ところで、あの時の確率は、実際いくらぐらいを考えていたと思う？」

「あの時って？」

「ほら、心臓血管外科の当直医が、こういうのは術中死になる確率が高いって言った時の、その確率だよ」

「さて、どれぐらいなんでしょうか、八〇パーセントもあるんでしょうか」

当直医は、研修医に少しばかり笑みを含んだ顔を向けた。

「いいや、そんなデータ、どこにもないんだよ」

「は？」

「おそらく、あの心臓血管外科の当直医はね、確率に基づいて判断したのではなく、手術をしないっていう結論が先にあったんだよ、彼自身の悪い思い出ってやつのせいでね……」

切断

今年（一九九九年）の二月、高知赤十字病院の救命救急センターで、脳死患者から臓器が摘出された。一昨年制定された臓器移植法の施行後、初めて行われた脳死臓器移植である。

この下町の救命救急センターも、いわゆる臓器提供施設とされているのだが、これまでのところ、ドナーカード（臓器提供意思表示カード）を所持した脳死患者は現れず、幸いにも、脳死臓器移植の喧噪にはいまだ巻き込まれてはいない。しかし、そんなところでも、こうした最近の動きには、何かと影響を受けるもののようである。

＊　　＊　　＊

「先生、あのおばあちゃんのことが、どうしてもひっかかるんですが……」

「え？　誰のことだっけ」

「ほら、この間の、大動脈解離の患者ですよ」

一ケ月ほど前にあった、解離性大動脈瘤が破裂して担ぎ込まれてきた患者のことである。

「ああ、結局手術ができずに、そのまま看取ることになった、あのおばあちゃんのことだね」

朝の回診が終わり、医局で一服しているその時の当直医に、一人の研修医が怪訝《けげん》な顔で話しかけてきた。

「それが、どうしたって？」

通常の解離性大動脈瘤と違って、その一部分が破裂し、出血を伴っていたのだが、全身状態の悪さに加えて、患者の年齢が八十を超えているということから、心臓血管外科の専門医が、緊急手術の適応がないと診断を下した症例である。

「手術には大きなリスクが伴うっていうんで、心臓血管外科の腰が引けちゃったケースだよな、確か」

「ええ、術中死の確率が非常に高いっていうのがその理由でした」

「にもかかわらず、なんとか手術をしてくれないかって言ってた患者の息子と、押し問答をやった、あれだな」

「その通りです」

「で、それの何がひっかかるっていうんだい？」

「はあ、あのおばあちゃんに対して、我々のとった治療方針が、ほんとに正しかったのかどうかと思って……」

「治療方針だって？　おいおい、なんでまた、今頃、そんなことを急に言い出すんだい」

「はあ……高知日赤で行われた、例の脳死臓器移植について検証した、厚生省（現・厚生労働省）の報告書の記事を読んだんです」

「え？」

この研修医はいったい何を言い出すのやら、まったく訳が判らん、といった顔で、その当直医は、沸かしたてのコーヒーをカップに注いだ。

＊

高知日赤の第一例目から数ケ月が経過したが、すでにその間に、脳死患者からの臓器摘出が、いくつかの救命救急センターで行われている。いずれの場合も、しかし、マスコミが大きく取り上げ、それぞれの問題点をかまびすしく論じている。これまで日本で行われていなかった、新しい医療である脳死臓器移植には、様々な論点が存在するのだ。

その一つに、ドナーと呼ばれる臓器提供者すなわち脳死状態に陥ってしまった患者が、果たして、そうなるまでに適切かつ十分な治療を受けることができたのかどうかということがあげられる。

脳死臓器移植を実施する上で、実は、この点が、最も重要なポイントとなる。特に、臓器提供施設と名指しされている救命センターにとっては、自分たちの行っている医療行為の信用性にもかかわる問題であり、我々としても、とても他人《ひと》ごとではあり得ない。もし万が一、あそこの救命センターに入院していた患者は、適切な治療を施されることなく脳死状態に陥ってしまったなんぞという噂が立てば、移植のための臓器欲しさに、救命センターのスタッフが治療の手を抜いたに違いないと、世間から白い目で見られることになる。そればかりか、下手をすれば、患者の遺族から訴えられることにもなりかねない。

もちろん、我々の同業者が、そんなことをするはずはない。しかし、ことは脳死臓器移植医療の根幹にかかわる内容である。厚生省は、脳死臓器移植のガイドラインのなかで、脳死状態に到るまでのドナーに対する治療が、果たして適切であったかどうか検証することを求めている。第一例目となった高知日赤のケースに対しても、こうした考えに基づいて、先頃、検証、評価が行われたのである。

＊

「その高知の脳死臓器移植の検証の話と、うちのあの大動脈解離と、いったいどういう関係があるっていうの」

若い研修医の意図するところをはかりかねた当直医が、少しばかり声を荒らげた。

「はあ……厚生省の発表によれば、高知日赤の救命救急センターにおける治療は、適切なものであり問題はない、ということでしたよね」

「ああ、そうだが……」

研修医は、一呼吸置いてから、静かに口を開いた。

「……あのう、生意気なようですが、私、実は、高知での治療は間違っていたんではないかと考えているんです」

研修医は、当直医の顔を、上目遣いでじっとのぞき込んだ。

「おいおい、おだやかじゃねえな」

当直医は、コーヒーカップを机の上に置いた。

検証報告書によれば、高知日赤のケースは、まず、クモ膜下出血を起こして担ぎ込まれている。ただ、通常の場合とは違って、検査の結果、クモ膜下出血に脳内血腫を伴うタイプのものであるということが判明したとのことであった。

「私の経験によれば、こういった場合は、緊急手術が必要なんではないかと……」

研修医は、腕組みをしながら続けた。

「クモ膜下出血の場合、一般的に言うと、直ぐに手術になることはないんだが、おまえさんの言うとおり、脳内血腫を伴っている場合は緊急手術を実施することが、ままあるんだよ」

当直医は頷きながら答えた。

「ですよね、だとしたら、高知の場合はどうして緊急手術を実施しなかったんでしょうか」

我が意を得たりといった顔で、研修医がにじりよってくる。高知日赤では、実際のところ、最初の段階で、このケースは緊急手術の適応はないと判断しているのである。

「まあ、いろいろ難しい議論があったんだろうけど……厚生省の報告書には、確かこう書いてあったな、つまり、過去に似たような症例で手術をやったケースもあるが、やはり結果は思わしくなかったと、だから今回のケースのような場合に、手術をするのは一般的ではないんだと、つまり、高知日赤の判断は適切であったと……」

再びコーヒーをすすりながら答える。

「じゃあ、先生、もしこの患者さんがうちに来ていたとしたら、どうしてますか」

この研修医、なかなかどうして、手強い輩《やから》である。

「そ、そうねえ、その患者に対して、うちだったら、緊急手術をしているだろうな、きっと」

「やっぱり……」

「確かに、厚生省の報告書が言ってるように、脳内血腫を伴っている時は、緊急手術をやっても思わしくないことが多いんだけれど、それでも中には、うまく救命できるケースがあるんだよ、これが」

事実、高知のケースは手術をすべきであったという見解を、明確に表明している複数の脳外科の専門医が存在するのだ。

「ま、もっとも、俺たちは、実際にその患者さんを直接診たわけではないし、あくまで、報道されている経過や症状や検査結果だけからの判断だけどね、それに、うまく救命できるとしても、やっぱりその確率は非常に小さいはずだから……」

この答を聞いて、研修医は身を乗り出してきた。

「もし、そうなんだとしたら、矛盾してやしませんか、先生」

どうやら、この若い医者の考えていることが見えてきた。

「先生、これって、我々が、大動脈解離のおばあちゃんの手術をやらないことにした理由と、原理的には同じですよね」

――もっと歳が若くて、活きがいいと手術をやってもいいんだろうけど、こういうケースって、あんまりいい思い出はないな、実のところ、術中死っていう確率が高いんだよ、ほんとに、ま、そういうことだから、今回は勘弁してくれよ、先生……

あの日の、心臓血管外科の当直医の弁である。

「もし、高知のあの患者さんに対して緊急手術を実施するべきだったたっておっしゃるんでしたら、おばあちゃんの時にも、あの心臓血管外科医を説き伏せて、手術に持ち込むという治療方針を立てるべきではなかったんでしょうか、先生」

カップの中に残った冷めたコーヒーを飲み干し、当直医が若い研修医の顔を見つめた。

「なるほど、首尾一貫してないじゃないかっていうのが、おまえさんの言いたいことなんだな」

「は、はい……」

この梅雨時に、またうっとうしいことを言い出す研修医ではある。

「おまえさん、救命センターに来て、どれぐらい経つ？」

突然何だという表情で、研修医が顔を上げた。

「はあ……そろそろ三ケ月ぐらいになりますか」

「じゃあ、おまえさんの、その三ケ月の経験からすると、救命センターの医者の役割って、いったい何だと思う」

質問の意味が判らないのか、研修医はきょとんとした顔を当直医に向けた。

「そ、そうですね、そりゃやっぱり、命を救うってことじゃないですか」

「それだけか、他には？」

「えっ、他にですか？　さ、さあて、なんだろう……」

研修医が小首を傾げた。

「残念ながら、命を救うということだけでは、正解にはならないな」

当直医は腕組みをして、研修医の顔を見た。

「救命救急センターの医者に、命を救うこと以外の役割なんてものがあるんでしょうかね、先生」

研修医は不思議そうな顔をしている。

「そうね、例えば、何をどうやったって、どうにもならない患者さんて、いるだろ」

「はあ、確かに……」

「もし、命を救うことだけが我々の役割だとしたら、そんな時、いったいどうすればいいんだと思う、俺たちは」

「そ、そりゃあ、やっぱり、できるかぎりのことを、最後までやり続けるってことではないんでしょうか」

当直医はその手を額に当てて、目を閉じた。そして、いつだったか、こんな事があったなあと言いながら、話を始めた。

＊

ある土砂降りの夕暮れ時に、一人の初老の男性が、我々の救命センターに担ぎ込まれてきた。

「こりゃあひでえなあ、相手は何だい」

「大型トラックです」

「うへえー」

いつものように、救急隊のストレッチャーから処置台に移された患者を、幾人もの医者が取り囲む。多少の血や傷では動じないはずのその日の当直医たちが、しかし、思わず顔を背《そむ》けた。処置台に移した拍子に、患者を包んでいる白いビニールシートの端から、血塗れの右足が顔を出したのだ。

「右足はほとんど轢断《れきだん》状態です、左の方はなんとかつながってますが……」

救急隊の隊長が報告したとおり、患者の右膝の直ぐ下から、十センチほどの血みどろの骨と、ドス黒い肉の固まりが飛び出している。それから二十センチばかり離れたところに、やはり骨の突き出た足首と、趾先《あしさき》があらぬ方を向いた泥まみれの足が、まるで汚れた運動靴のように転がっている。よく見ると、その間の筋肉には連続性がなく、幅五センチほどの蒼白な皮だけが、そこにまとわりついている。

まさしく、皮一枚だけでつながっているのだ。

「こっちもひどいなあ、なんとかつながってますが、折れた大腿骨と脛骨《けいこつ》が、皮膚を突き破ってますね」

「左はどうだ？」

あまりの傷の激しさに、若い医者たちの手が止まってしまった。

「おい、脚は後回しだ、それよりバイタルをチェックしろ！」

指揮を執る当直医が声を荒らげる。慣れた医者でも、派手な傷を見ると、そちらにばかり気を取られてしまうものである。外傷患者を診る際の基本は、しかし、常に全身状態を視野に置くということなのだ。

「脈はどうだ、触れてるのか」

「血圧は？」

「心電図をモニターして！」

「点滴、点滴！」

気を取り直した若い医者たちが患者を取り囲み、看護婦がその周りを走り回る。

「もしもおし、わかりますか！」

全身がずぶ濡れのその患者は、耳元で叫ぶ研修医の呼びかけにも、全く反応を示さない。

「胸はどうだ」

「……何本か肋《あばら》がいってますね、皮下気腫もあります」

研修医が、患者の胸を両脇から抱えるようにして診察している。華奢なその胸郭は研修医が力を入れると、ギシギシと音がした。

「気管挿管だ、胸腔ドレーンも入れるから、準備して!」

いつもながらの、戦場風景が繰り広げられる。

「隊長さん、どれ、話を聞こうか」

患者の処置がようやく軌道に乗ったことを確認した指揮官が、救急隊を呼んだ。救急隊長によれば、転倒したミニバイクが反対車線に飛び出してしまい、ちょうど走ってきた大型トラックに轢《ひ》かれてしまったということであった。

「目撃者の話ですと、どうやら患者さんの乗っていたミニバイクがこの雨でスリップしてしまったようなんです」

救急処置室の外では、その雨がまだ降り続いている。

「トラックの方は急ブレーキをかけたようなんですが、間に合わなかったみたいで、患者はちょうど、トラックの下に潜り込むように倒れていました」

「そうか、で、身元は?」

「はあ、まだわかりません、現場に警察が来ておりましたから、追っつけ連絡があるとは思いますが……」

救急隊が処置室を辞した時、患者はすでにレントゲン検査に向かっていた。

＊

「患者は六十五歳、男性、診断は、頭蓋骨骨折、左側の急性硬膜下血腫、脳挫傷、右多発肋

骨骨折、右肺破裂、右血気胸、右下肢轢断、左大腿骨及び脛骨の開放骨折、それと、左脚の皮膚の広範な挫滅《ざめつ》が認められます」

疲れ切った顔の当直医が、いつものように朝の申し送りを始めた。

「ほおー、こりゃ、相当激しいな」

シャーカステンにかけられている何枚ものレントゲンやCTの写真をのぞき込みながら、ベテランが声を上げる。

「手術は、何時までかかったの？」

「そうですね……全部終わったのは、二時過ぎだったですかね」

「そうか、そりゃ大変だったな」

「ええ、手術中にアウトかと思ったんですがね、頭の血腫除去がなんとか間に合いました」

「胸の方は？」

「今のところ、人工呼吸器と胸腔ドレーンで凌《しの》いでいますが、ご家族の話ですと、若い頃に結核をやったらしくて、もともとの肺はあんまり良くないようですね」

「そうか、で、脚の方は？」

「はあ、右脚の方は、神経も血管も完全に引き千切れていましたので、膝上で切断しました」

「左は？」

「うーん、右を落としちゃったんで、なんとか温存できればと、頑張ってはみたんですけれど……」

当直医は、左脚の大腿骨と脛骨の骨折に対しては、それらを洗浄し、応急的な固定をするのが精一杯だったと報告した。

この患者のように、頭部、胸部、四肢といくつもの部位に損傷が合併しており、どれ一つをとってみても、それだけで生命にかかわるものばかりだというものを、多発外傷と呼んでいる。当然ながら、その死亡率は、通常の外傷よりもはるかに高い。救命センターならではの病態といえるものである。

「ご苦労さん、よくここまでたどり着いたな」

滅多に誉めないベテランが、当直医たちにねぎらいの言葉をかけた。

「で、これからの見通しは？」

「……いやあ、非常に厳しいですね」

疲れた顔の当直医たちが、顔を見合わせた。硬膜下血腫の手術を担当した脳外科医が腕を組む。

「脳挫傷が相当にひどいんで、どこまで意識レベルの回復が期待できるか……」

「それと、やっぱり一番気になるのは、左脚の感染ですね」

整形外科医が、術中に撮った左脚のポラロイド写真を指し示した。開放骨折、すなわち折れた骨が筋肉や皮膚を突き破って外に飛び出してしまった骨折の場合、最も重要なことは、その汚染の程度である。通常の骨折と異なり、開放骨折では、事故現場の泥や油などといった異物が、折れた骨の骨髄に入り込んでしまう可能性が高い。このような異物はバイ菌の固まりであり、本来無菌状態でなければならない骨髄にとっては、非常に危険である。

ましてや今回の場合、バイ菌をブロックしてくれるはずの皮膚が、タイヤで圧《お》し潰《つぶ》されてボロボロになっているのだ。異物をどんなに洗い流したところで、バイ菌が繁殖して、骨髄に感染することは避けられない。特に、老人や頭部外傷があるといったような抵抗力の落ちている患者の場合は、骨髄の感染が全身に拡がり、敗血症すなわち全身がバイ菌だらけになってしまう状態に陥ることを覚悟しなければならない。敗血症になれば、ことは局所にとどまらず、間違いなく生命が脅かされる。

「そうだな、少しでも感染徴候が出てくれば、早めに手を打っていかなきゃならないな」

手術の終わった患者は、人工呼吸器と林立する点滴台に囲まれた集中治療室のベッドに収容された。鼻からは人工呼吸のための管や胃袋への管が入れられ、両腕には点滴のための針が何本も刺されている。右胸には太い管（胸腔ドレーン）が入れられており、破裂した肺や折れた肋骨から出てくる血液が導かれている。

さらに、直径が五ミリにもなる長さ三十センチほどのステンレス製の太いピンが、折れた大腿骨と脛骨に皮膚の上からねじ込まれており、左脚は、まるでバーベキューの串のようになっている。太腿《ふともも》から足首にかけて、十本ほども刺されているその串は、さらに太い金属性の何本もの棒で互いに連結されている。折れた骨が動かないように応急的に固定しているのだ。ひとまずこれで時間を稼ぎ、全身状態が落ち着き、左脚の皮膚が正常になるのを待って、本格的な治療を行おうという考えである。

人工呼吸器によって規則正しく上下している胸と、そこだけ毛布がはねのけられている左脚をみると、まるでロボットが横たわっているような光景である。

＊

手術後は、予想以上に順調に経過した。入院してから数日程経った時、相変わらず意識はないものの、刺激に対する反応がでてきた。毎日の回診での、左脚のガーゼ交換の時には、痛がるような素振りも見られるようになった。

そんな矢先に、しかし、主治医たちの心配していたことが起こってしまった。挫滅されボロボロになっていた左脚の皮膚が、広い範囲で真っ黒になり壊死《えし》に陥りだしたのである。壊死してしまった皮膚は、放っておくとバイ菌の温床になってしまう。そうなった皮膚は、削《そ》ぎ落とすしかないのだ。

二週目に入った時、使い物にならない左脚の皮膚を大きく切除し、その後に、患者自身の腹部の健常な皮膚を薄く採って移植するという植皮手術が、都合三回にわたって行われた。植皮手術が終わって一週間ほどは熱もなく、植えた皮膚もなんとか生着しそうな勢いであった。

「さあて、なんとかこれで、折れた骨への感染が防げればいいのだが……」

主治医たちのそんな期待をよそに、最も恐れていたことが、現実のものとなったのは、患者が入院してからちょうど一ケ月が過ぎた頃である。脛骨の骨折部位から大量の膿《うみ》が噴き出したのだ。同時に三十九度近い高熱が出始めた。敗血症の兆《きざ》しである。

「こりゃとても、下腿の温存は無理だ、やっぱり切断するしかないな」

膿の噴き出てきた傷口が、大きく切開された。傷の直ぐ下には、やはり、脛骨の骨折部が顔をのぞかせている。

「ダメだな……こりゃ」

ガーゼで膿を拭いながら、主治医が呟いた。

「え? 切断しちゃうんですか」

患者のベッドサイドで、傷口をのぞき込んでいた若い受け持ち医は、いかにも、もったいない、といった顔で主治医を見上げた。

「……うん」

主治医の生返事を、若い医者が追いかける。

「切断なんかしなくても、持続灌流《かんりゅう》とかやって、そのう、なんとか凌げないんでしょうか、先生」

「そうね、普通だったらそれでいいんだろうけど、この患者さんの場合はねえ……」

灌流というのは、骨髄の中に太い管を入れ、管の一方から他方に向けて、生理食塩水を流し込むという処置である。その管には幾つもの穴が開いており、抗生物質の入った生理食塩水が流し込まれることによって、骨髄の中が洗浄されるように工夫されているのだ。そうした方法で、骨髄内を四六時中洗浄し続けるのが、持続灌流と呼ばれるものである。

確かに、若い医者が考えているように、通常の開放骨折に伴う骨髄炎であれば、傷口を大きく開いて搔爬《そうは》するなり、持続灌流するなりすれば、多少の時間はかかるものの、なんとか治癒に持ち込むことができるのである。

「受傷機転から考えると、この患者さんの傷じゃあ、とてもそんな程度ではおさまらないと思うよ、それに……」

主治医は、ガーゼをピンセットで摑み、宮崎さん、ちょっとごめんなさい、少し痛いよ、と患者に声をかけながら、再び、傷の中を拭った。

「普通だったら、こんなことをされれば、飛び上がって痛がるはずだけど、宮崎さんは、ほら、脚を動かすこともないし、ほとんど表情を変えないだろ？」

患者があの事故に巻き込まれてから、すでに一ケ月が経過している。一時は、痛みに対する反応も現れてはきていたのだが、それも頭打ちとなってしまい、患者の意識状態は一進一退を繰り返していた。入院した日に行われた開頭手術で明らかになったように、患者の脳挫傷の程度は重く、一ケ月後の現在の様子を見ると、意識の回復は難しいだろうという術者たちの予想が、大きく外れることはないと決めつけてもいいような雲行きである。残念ながら、耳元で患者の名を大声で呼んでも、それに応えるような仕草は、眉ひとつ動かすことすら、認められないのである。

「宮崎さんの顔つきからすれば、少しは痛みを感じてるんだとは思うけど、こんな状態じゃあ、たとえ持続灌流をやってみたところで、効果があるとは、とても思えないな」

バイ菌に冒されることなく、傷がうまく癒えるためには、幾つもの条件が整わなければならない。そのうちの一つに、局所の神経支配が保たれているということが挙げられる。つまり、痛みを痛みとして認識できるような意識状態でなければ、傷というものは、なかなか治らないというわけである。

「宮崎さんが、十代の若さだっていうんなら、また、話は別だけど……」

ピンセットを手にしたまま腕組みをした主治医は、声を落とした。

「このままじゃ、バイ菌の培養器にしかなんないぜ、この脚は」

「と、いうことは……」

「うん、落とすしかないだろうな」

あきらめられないといった面持ちの若い受け持ち医は、傷を見つめたまま押し黙った。医者たちの議論をよそに、脳挫傷による意識障害のためなのか、あるいは高熱の影響なのか、しかし、当の患者は目を虚《うつ》ろに開いたまま、少しばかり荒い息づかいをしてみせるだけであった。

＊

「というわけで、先生、宮崎さんの左脚、早い時期に切断しようと考えているんですが……」

主治医が報告に来たのは、滅多に誉めないあのベテランの部屋である。

「宮崎さんて、大型トラックに轢かれちゃった、あの患者さん？」

「そうです」

「確か、右は、入院したその日に落としたんだったよな」

「はい」

「左脚も、やっぱりダメか」

ベテランは、両手を頭の後ろに回し、椅子の背に深くもたれかかった。

「はあ……昨日あたりから、高熱が出て、どうやら敗血症になりかかっているようなんです」

「そりゃまずいな」

「ええ」

「しかし、なんとか、温存するわけにはいかないのかい」

ベテランも、いかにも惜しいといった顔で身を乗り出した。

「はあ……持続灌流も含めて、いろいろ検討してみたんですが、現在の全身状態を考えますと、やっぱり切断しかないんではないかと……」

「そうか……しょうがないかな」

ベテランにも妙案はない。再び、その椅子の背を倒し、天井を見上げた。

「……よろしいでしょうか」

実のところ、患者の手足を切断しなければならないという段になると、どんなに冷酷、薄情な医者であっても、弱気になってしまうものである。

それが誰の目にも避けられないものと映る時、例えば、骨折に加えて、筋肉も断裂し、血管も神経も引きちぎられてしまっているという、それこそ皮一枚でしか繋がっていないといった場合、術者は、躊躇することなく傷ついた四肢を切断する。しかし、なんとか残せそうだと思って、骨折部を固定し、血管や筋肉を丹念に縫合し、術後も幾日にもわたって細心の注意を払いケアしてきたそんな腕や脚に対して、その主治医自らが、切断の決定を下すのは容易なことではない。そうしなければ生命が危険にさらされるということが、たとえ明白ではあっても、である。

確かに、ついさっきまで瀕死状態だった患者の具合が、バイ菌まみれの傷ついた四肢を切断した直後から、メキメキ上向きになってくるなどということは、しばしば経験されることである。しかし、切断という方法は、最後の手段であり、それは整形外科医にとっては敗北を意味していると言っても言い過ぎではないだろう。

そんな決断をする時、だから、誰かに自分の判断の正当性を保証してもらいたいというのも、また人の常なのである。

「いいよ、主治医である、おまえさんの判断なんだから」

視線を戻しながら、ベテランが応じた。

「助かりました、先生が了解してくれなかったら、どうしようかと思っていましたから……」

主治医は、ほっとした表情を見せ、肩の力を抜いた。

「で、どこで落とすつもりなんだい、膝下でかい、それとも膝上？」

「そこなんですよ、先生、問題は」

主治医の顔が再び思案顔になる。

「骨髄炎を起こしているのがはっきりしているのは、下腿の方なんですが……」

「確か、大腿骨も開放だったよな」

「ええ、条件は下腿と同じなんです」

「と、すると……」

「はい、今のところは落ち着いているように見えるんですが、遅かれ早かれ、似たようなことになるんではないかと……」

現在の全身状態からすれば、大腿骨の骨折部からも膿が噴き出してくるのは、時間の問題だろうというのが、主治医の見立てであった。

「じゃあ、膝上での切断ということになるのかい？」

「はあ、それがですね、実は、大腿骨の骨折は、頸部にまで及んでるんですよ、ですから、落とすとなると……」

「股離断か？」

「場合によっては、そうなります」

大腿骨の頸部というのは、大腿骨の一番上の部分、いわゆる股の付け根の部分に相当する。そして、この骨盤とのつなぎ目が股関節である。股離断とは、股関節離断すなわち股関節での切断を指す。つまり、片方の脚をその根元から、一本、丸ごと落としてしまうことを意味しているのだ。

「右は膝上切断で、左は股離断か……辛いところだな」

ベテランも、腕組みをして一つ大きなため息をついた。

「とは言っても、先生、下手に残すと、かえって悪い結果になっちゃいますから」

親から授かったかけがえのない脚を、少しでも長く残してやれば、なんぞと情けを掛けると、ロクなことがない。結局、再切断ということになったり、あるいはそのタイミングも逸して、最悪の結果を招きかねないのである。

「その通りなんだよな、これが……ま、最終的には、術中所見をみて、その場で判断する、だな」

そのことは十分に承知しているといった顔で、主治医はうなずいた。

「ところで、宮崎さん、家族の方はどうなの」

「ええ、とっても熱心なご家族です」

「そうか、で、患者さんの状況は理解しているのかい」

「はあ、これまでにも何回か植皮術を行っていますし、その都度、病状については説明してありますから……」

「しかし、今回は股離断の可能性があるから、そこらへんのところは、家族には、十分納得してもらっといてくれよ」

「わかりました」

家族に説明した後、準備ができ次第、手術室の方に入りますので……と、主治医はベテランの部屋を辞していった。その足取りは、治療方針が決まってやっと肩の荷が下りたとでもいうような、軽やかなものであった。

医局で一服していたベテランの許《もと》に、再びその主治医がやってきたのは、小一時間も経った頃である。

「先生、ちょっとお話が……」

「なんだ、手術室への入室時刻が決まったのか？」

「そ、それがですね……」

主治医は、さっきの吹っ切れたような表情とはうって変わった、困惑した視線をベテランに投げかけた。

「ん？　どうしたんだい」

「そのう、手術の話をし始めたところ、突然怒りだしちゃったんです」

「誰が？」

「宮崎さんの奥さんと、娘さんたちです」

「どうして、奥さんたちが怒ったりするんだよ」

「は、はあ……」

主治医は、視線の定まらない顔で、額に手を当てた。

＊

「ご主人の……お父さんの、命を助けるためには、膿《う》んでしまっている左脚を落とすしかありません」

「落とす……左脚、も……」

切断という主治医の言葉に、二人の娘に両脇を抱えられるようにして座っていた妻は、それまで手の中でもてあそんでいた薄いピンクのハンカチを、思わず両手で堅く握りしめた。

「ええ、まあ、左脚のどの部分で落とすことになるか、それは、手術での所見で決めることになるとは考えているんですが、しかし……最悪の場合、丸ごと、左脚の付け根の部分から、切断してしまわなければならないかもしれません」

股離断の可能性を聞かされ、母娘は、目を見合わせた。しばらくの沈黙の後、長女が、主治医の方に向き直った。

「先生、左脚を落とせば、父は……父の命は、絶対に助かるんでしょうか」

三人の視線から逃れるように、主治医は椅子に座り直して、額にかかった髪を掻き上げた。

「うーん、そうですね、正直申し上げますと、ほんとうのところは、やってみなければわからない、ということになるでしょうか」

年齢的なこと、傷の具合、これまでの経過、そして意識を含めた現在の全身状態から考えると、たとえ、左脚を股離断したとしても、患者の生命にかかわる見通しとしては五分五分と申し上げるしかない、と主治医は説明した。

「しかし……まあ、できることがあるとすれば、左脚を切断するしかない、しかも、やるとすれば、今このタイミングしかないだろうと思っています」

家族たちとの間にある、小さなテーブルの上に身を乗り出しながら、主治医は、三人の顔を見つめた。その主治医と目を合わせるのを避けるかのように、妻たちの視線は、テーブルの上を行き来した。

主治医は、家族たちから異論が出ないことを見届けるかのように、念を押した。

「それでは、よろしいですね、今、準備させていますので、用意が整えば、手術室に……」

と、突然、妻が顔を上げた。

「やめて下さい！」

その声の大きさに、一瞬、主治医がたじろいだ。

「そんな手術、先生、絶対にやらないで下さい！」

立ち上がらんばかりに身を乗り出した母親のその腕を、両脇にいた娘たちが、思わず摑む。

「お母さん！　ちょ、ちょっと落ち着いてよ！」

母親の語気に気圧《けお》された主治医が、気を取り直す間に、母娘は、ふたたびソファに腰を下ろした。

「ど、どうも、説明が足りなかったんでしょうか、宮崎さん、もう一度申し上げますが、もし、今手術をしなければ、確実に命をもっていかれますよ、ご主人……」

「手術は……手術は、もう結構です！」

きっぱりとした口調で、妻は主治医に言った。

「どうしたんですか、奥さん、これまでだってご主人、何度も手術を受けてるんですし、奥さんたちだって、そうした手術の意味は、理解されていたはずですよね」

事故当日の開頭手術や右脚切断術、左脚骨折に対する固定手術、そして、その後幾度となく繰り返された挫滅皮膚の切除と植皮術……それらは、すべて、患者の命を救うために行われてきたことである。今回の手術も、患者の救命のために、是が非でも行わなければならないものなのだ。

「おわかりですよね、奥さん」

主治医の、その言葉が終わらぬうちに、妻が声を上げた。

「つらいんです」

「え？」

「つらいんです、先生！」

「な、何がですか？」

「嫌《や》なんです、今のような、こんな主人の姿を見ているのが！」

その剣幕に、主治医も思わず怯んでしまった。

「先生、知ってますか、主人は私たちが声をかけても、返事もしなけりゃ、目も開けないんですよ！　傷が痛むのか、時折うめくような表情をするだけで、いいですか、私のことも、娘たちのことだって、何もわかりゃしない、自分の右脚がないってことすら、まったく知らないんです！」

母親の言葉に、娘たちもうなずいた。

「だ、だからですね、何度もご説明したようにですね、それは、頭部外傷が原因で、ですね……」

「私たちが病院に駆けつけたときには、もう、右脚がなかったんです！　おまけに、その後も、何度も何度も皮を剝がされて……それなのに、それなのに今度は、残った左脚まで切断しようっていうんですか！」

「い、いや、ですから、それもこれも、すべて、ご主人の命を救うためなんですよ、ですから……」

「意識も、両脚もなくなってしまった主人なんて、そんなの、そんなのうちの人じゃありません！」

ハンカチを両手で握りしめたまま、妻の顔は、涙でクシャクシャになってしまった。両脇の娘たちも、目頭を押さえながら、主治医を見つめている。

「意識に関しては、時間をかけてみていけば、すこしはよくなることを期待できるかもしれないんです、しかし、もし、今、手術をしなければですね、意識どころか、ご主人の命すら、とても保証できな……」

「もう、いい加減にして下さい！」

「は？」

「主人の体、もうぼろぼろじゃあないですか、いったい、どれだけ、うちの人を痛めつけたら気が済むっていうんですか、先生たちは！」

＊

「おまえさんなら、どうする」

ドリップしたてのコーヒーをカップに注ぎながら、ベテランの医者が若い研修医に尋ねた。

「うーん、難しいですね……」

研修医は、コーヒーをすすった。

「でも、やっぱり、救命の可能性があるんだったら、手術に踏み切るべきじゃないんですか」

「たとえ、家族の承諾を得られなくても、かい？」

「そうですね、まあ、承諾を得られるように、努力は続けるんでしょうけど……」

「もちろん、その時も、さんざん説得はしたさ」

ご主人を痛めつけようと思ってるんではない、医者としては、救命の可能性が残っている以上、それがたとえとても低いものであったとしても、それに賭けるべきだと考えている、そうしないと、絶対、後になって後悔することになるから……

「まさしく正論ですよね、で、奥さんたちは、なんとおっしゃったんですか、その説得に対して」

「うちの人を見殺しにしろって言ってるんじゃないんです、もちろん助けてほしいんです、だけど、これ以上傷つけないでほしいんです、その上で、できるかぎりのことをやって下さい、その結果として、命を落とすことになっても、私たち、決して後悔なんかしやしませんから……確か、そんなことの繰り返しだったな」

思い出をたぐるように、ベテランは天井を仰いだ。

「なんか、おかしな理屈ですよね、ご家族の言い分は……」

若い研修医は、小首を傾げている。

「で、その後どうなったんですか、その患者さん」

「結局、手術の承諾が得られずに、左脚の切断は断念したんだ、だけど、それから毎日毎日、ベッドサイドでできるだけの処置は続けてね……息を引き取ったよ、一週間後に」

ベテランは、飲み干したコーヒーカップをテーブルの上に置いた。

「患者が死亡した時、ご家族はどんな反応をされたんです？」

「うん、お父さん、最期までほんとによく頑張ったねって、奥さんも娘さんたちも遺体に声をかけていたなあ、今でもはっきり覚えてるんだけど、彼女たちの顔、なんか憑《つ》き物でも落ちたように、すっきりしたって感じでね」

「……そういうもんですかねえ」

「先生には、本当にお世話になりました、ありがとうございますってね、主治医に深々と頭を下げていったんだよ」

若い医者の顔は、やはり不満げである。

「そりゃ、家族は自分たちの思うようになったからいいでしょうけど……家族のその時の思いは理屈の通らないものだったんですから、やっぱりそれを押し切って、手術をすべきだったんではないでしょうか、先生」

「そうかな？　主治医たちの考えていたことこそが最良で、あの時の家族の思いは、ほんとに筋の通らない、理不尽なものだったんだろうか……」

救命センターの医者の役割をひとことで言い表すなら、それは患者に対して最善を尽くすということだろう。

「最善を尽くす……ですか、それじゃあ、やっぱり、救命ということに全力投球するっていうことじゃないですか」

「最善」には、でき得ることすべてというニュアンスがあるが、しかし同時に、その字面《じづら》通り、最も善いこと、つまり最良という意味もある。

あの心臓血管外科の当直医が言ったように、どんなにベテランになっても術中死という事態は、確かに、ずしりと応えるものではある。しかし、彼が、術中死はイヤだから、といった真意は、そこにはない。

「よおく知ってるんだよ、彼は……」

医者にとっては、何とも誇らしげで、居心地の良い、可能性へのチャレンジということが、実は、患者にとって最良の選択ではなく、むしろ、寿命を全うしつつある患者にばかりではなく、その家族に対してまでも意味のない傷と無用な苦痛を与え、彼等の尊厳を奪うことにしかなっていないという局面が、しばしば存在するのだということを、彼はその長い経験から熟知しているのである。

「つまり……可能性の追求という美しい言葉で飾られるものが、最善のことではなく、医療者の単なる自己満足にしか過ぎないっていう場合もあるってことさ」

救命しようとすることだけが、医者の、あるいは救命センターのスタッフの役割ではない。何をどうやっても助からない患者を、いかにその人らしく安らかに往生させるか、それも、救命センターの医者の役目なのであり、誤解を恐れずにいうなら、最も得意としなければならないことのひとつなのである。

遮　断

数年ほど前から、保険金殺人事件なるものがマスコミを賑わせている。つい先日もかねてよりマークされていた人物が、その絡みで警察に逮捕されたと、大々的に報じられていた。

この手の事件には、必ず何らかの毒物が登場する。例えば、トリカブトである。もっとも、これは毒物というよりは、元来が生薬《しょうやく》であり、鎮痛や代謝亢進《こうしん》のために古くから用いられてきたものである。ただ、その中に中枢神経を冒すアコニチンと呼ばれる成分が含まれているため、量を間違えると、人を死に至らしめてしまう力があるとされている。

また、毒物混入事件と呼ばれるものも、最近は頻発している。アジ化ナトリウムという聞き慣れない薬品が、ポットの中に混入されていたなどという事件も記憶に新しい。これも同様に、しかし、本来は分析用の単なる試薬でしかない。我々も日常診療の中で頻繁に使っているのであるが、もちろん、人に服用させるなんぞという代物ではない。

その他にも、砒素《ひそ》や青酸化合物、あるいはクレゾールなどといったものまで登場している。

しかし、こうしたものは本来、殺虫剤や塗料の原料として、あるいは鍍金《めっき》や消毒に用いるために、厳重にコントロールされながら利用されてきているわけであり、毒物と呼ぶのには少々抵抗がある。

そう言えば、冒頭の保険金殺人事件の場合も、アセトアミノフェンという薬剤が使われたと報道されていた。この薬剤も、もちろん毒物ではなく、むしろ優れた医薬品として、風邪に効くとされるほとんどの市販薬に含まれているものである。

実は、救命救急センターでは、アセトアミノフェンという薬品名をしょっちゅう耳にする。というのも、アセトアミノフェン中毒なるものが、月に一人ぐらいは担ぎ込まれてくるからである。

何のことはない、どこぞのマニュアルにでも記載されているのだろう、自殺目的で市販の風邪薬を大量に服《の》んでくる連中が跡を絶たないのだ。確かに、これを大量に服用すると、劇症肝炎と同様の症状となり、最悪、命を落としてしまうことがある。救命センターでも、そうと判れば、解毒剤の投与や血液浄化などといったことを行うのであるが、しかし、処置が早ければ、大事に至ることは少ないとされている。

＊　　＊　　＊

「先生、患者さんの依頼です」
「東京消防庁からかい？」
「いえ、近くの診療所からなんですが」

真冬とは思えないほどの暖かさだったある日曜日、そろそろ日付が変わろうかという頃に電話が鳴った。

やれやれ、今日は、天気と同様、平穏無事に終われそうだと思っていたのに……

「で、何の患者さん？」

「はあ、フグ中毒らしいということなんですが……」

電話を受けた研修医が、怪訝《けげん》な顔で当直医に告げた。

「フグ!? いやあ、季節だなあ」

電話の周りに、当直の若い医者たちが集まってくる。しかし、こちとら、フグ料理といえば、ひと冬に一度ありつけるかどうかというぐらいの、情けないご身分である。そういやあ、今年はまだ、ひれ酒にはお目にかかってないよな……

「だけど、ほんとでしょうか、先生、フグ中毒っていうのは」

今時、フグに中《あた》るなんてことがあるんですかねえといった表情で、研修医が首を傾げた。

「麻痺が出てきたっていうのは、脳梗塞《のうこうそく》かなんかをおこしただけじゃないんでしょうか」

「そうかもしれんが、フグ中毒という以上は、フグを食ったという事実があるんだろ？」

「の、ようですね」

「で、症状は？」

「はあ、呂律《ろれつ》が回らなくなってきたってことで受診してきたらしいんですが、先ほどから、足腰に力が入らなくなってきているようです」

研修医の報告に、当直医の表情が変わった。

「えっ、そりゃ、いかん。直ぐ救急車でよこすように言ってくれ！」

研修医は、当直医の語気に気圧《けお》されるように、再び受話器を耳に当てた。その後ろ姿を見ながら、当直医は、大急ぎで患者受け入れの準備を整えるように、看護婦と若い医者たちに指示を出した。

「おまえさんたちは知らないかもしれないが、怖いんだぜ、フグってえのは……」

＊

「先生、お願いしまあす！」

救急隊が慌ただしく担ぎ込んできたストレッチャーには、五十がらみの男性が、ジャージー姿で横たわっていた。その口角からはよだれが垂れ、目が上転している。一見して、患者の様子が尋常ではないと判断した当直医が、声を荒らげる。

「隊長さん、呼吸は？」

「は、はい、診療所を出た頃はしっかりしていたんですが、先ほどから、下顎呼吸になってきました！」

救急隊長の報告を背中で聞きながら、当直医が大声を出す。

「気道確保しろ、人工呼吸だ、急げ！」

当直医の指示で、患者の顔面には人工呼吸用の酸素マスクが宛《あて》がわれた。

「や、やっぱ、フグなんですかね、先生」

研修医の一人は、腰が引けている。

「そんなことはあとだ、それより蘇生が先だ！」

若い医者は、顔面のマスクを押さえるその左手で患者の下顎を持ち上げ、同時に右手で患者の枕元に据え付けられている人工呼吸器のバッグをもみしだく。その右手の動きに合わせて、前をはだけられた患者の胸が、大きく上下する。

「脈は？」

「橈骨《とうこつ》動脈で、よく触れます」

「心電図は？」

「洞調律《どうちょうりつ》で、特に問題ないですね、脈拍数も落ち着いてきました」

「瞳孔は？」

「左右とも径三ミリ、対光反射もしっかりしてます」

「間に合ったかな、よし、それじゃ、意識レベルを確認してくれ、えーと、名前は？」

振り向きざまに、当直医が救急隊長に尋ねた。

「は、はい、富田茂雄さん、五十四歳です」

研修医の一人が、患者の耳元で大声を出す。

「富田さん、富田さん、聞こえますか、聞こえたら、右手を握ってみて下さい！」

研修医は、患者の両手を軽く握りながら呼びかけを続けた。

「それじゃあ、左手は？」

同じ指示を繰り返しながら、研修医が患者の顔を見つめる。

「どうだ？」

「うーん、表情を見ると、こちらの言うことがわかっていそうなんですが、両手には力が入りませんね」

研修医は、全身の感覚や動き、腱反射などをチェックし始めた。

「とにかく気管挿管だ、それから点滴用のラインも確保してくれ」

モニターに表示されている動脈血酸素飽和度の値が、人工呼吸と共に急速に改善していくのを確認した当直医が、看護婦を呼んだ。

「どれ、事情を聞くから、家族を隣の部屋に入れてくれ」

＊

通常の医療における診療というものは、まずは患者の主訴、すなわち、どこそこの具合が悪いんだけれど、という患者自身の訴えから始まる。その訴えが起きる原因はなにか、つまり病態を考えるプロセスが診断であり、診断名が確定して初めて、じゃあそれを治療しようという順序となる。

しかし、救急医療の場合、特に救命救急と呼ばれるそれでは、主訴、診断、治療という段取りを踏んでいる暇がない。今まさに死に至らんとしている患者が目の前にいる時、そこで何が起きているのかと詮索するよりも、まずは、その生命をつなぎ止めること、それが救命救急医療に求められる第一歩ということになる。早い話、診断がついたところで、その前に患者が死んでしまっては、何にもならないというスタンスなのである。

さて、生命をつなぎ止めるためにまず必要なことは、鼻や口から肺に至る空気の通り道すなわち気道を確保して、呼吸ができるようにすることである。もし、呼吸をしていないのであれば、直ちに人工呼吸を行わなければならない。息をつければ命をつなぐことができる。「息」は、「生き」なのである。だからこそ、気道と呼吸の確保ということが、すべての患者に対して、最優先で行われる。

どんな怪我だろうが病気だろうが、脳梗塞だろうが中毒だろうが、その中毒が、フグによるものだろうがトリカブトによるものだろうが、救命救急センターに担ぎ込まれてきた患者に対して、真っ先に行われるべき処置は、気道と呼吸の確保ということなのだ。そしてそれが成功すれば、慌てることはない、それから、患者の病態を追求していけばよいのである。

＊

「じゃ、なんですか、ご主人、自分でそのフグを料理したっていうわけですか」

どうやら、この患者を送ってきた診療所の見立ては当たっているようだ。

患者に付き添ってきた妻によれば、日曜日だということで、仲間と連れだって、房総方面に釣りに出かけたということであった。その帰り、仲間と一緒に、自分たちが釣り上げてきたフグで、フグちりとシャレ込んだらしい。ほろ酔い加減で帰ってきたのはいいが、それから二時間ほどしたところで、唇の周りと舌先にシビレを感じ始め、そうこうしているうちに、舌がもつれるようなしゃべり方になってきた。慌てて、近くの診療所に駆け込んだということである。

前後の状況から見て、そしてその症状からしても、患者がフグ中毒であることは、まず疑う余地はない。

「と、いうことは……ご主人以外にも、その素人料理のフグを食った人間が、何人かいるってこと、ですよね、奥さん」

「はあ、私も、よくは知らないんですが、なんでも五、六人の仲間で食べたようなんです」

その時、東京消防庁からのホットラインが、当直医の背後でけたたましく鳴り響いた。

「先生、救急患者のお願いです、主訴は呼吸困難で……」

「呼吸困難だって!?」

当直医は、電話の向こうの司令官の言葉を遮った。

「ま、まさか、フグに中ったなんていうんじゃねえだろうな」

「はあ、その通りです、なんでも、夕方、フグを食べてから調子が悪くなったっていうことなんですが……」

受話器を手で押さえながら、当直医は、処置に走りまわっている若い医者たちに声をかけた。

「おい、もう一人来るぞ、フグが！」

研修医たちは、その声に手を止め、振り返った。

「わかった、直ぐに連れてきて！」

「は、ありがとうございます、十分ほどで着くと思います」

それでは、と電話を切ろうとする司令官を、当直医が引き留める。

「ちょ、ちょっと待ってくれ、十分ほどで着くって、その患者さん、どこから来るんだい」

「エーとですね、発生場所は……」

先ほど担ぎ込まれてきた患者の、カルテの住所欄に目を落としていた当直医が、司令官の答に、顔を上げた。

「主任さんと代わってくれる？」

＊

古来、フグ毒は猛毒として恐れられている。テトロドトキシンと呼ばれるこのフグ毒は、しかし、フグ自身が造り出しているものではない。もともとは、フグが好んで食べるプランクトンに含まれているもので、それがフグの体内にはいると、フグの内臓、特に肝臓や卵巣に蓄積されて、高濃度になるというわけである。

さて、このテトロドトキシンは、神経毒の一つである。言うまでもなく、神経は、生体の情報伝達機構である。例えば、外界からの刺激を脳に伝達するのが感覚神経であり、脳からの指令を、体の隅々にまで伝えているのが運動神経なのであるが、こうした外界からの刺激にしても、脳からの命令にしても、それは、神経のネットワークの中を、電気信号として伝わっていく。神経とは、いわば、体中に張り巡らされた電気ケーブルということができるのである。そして、テトロドトキシンというのは、ひと言で言うと、ほんのわずかの量で、この電気ケーブルのネットワークを遮断してしまう力を持っている、まさしく猛毒なのである。

間違って、フグの肝《きも》なんぞを食してしまうと、だから、舌先や口の周りにシビレが走ったり、全身の脱力を感じたりするというわけである。ま、もっとも、症状がその程度で済んでいる分には、まだ笑ってられるのだが、事実、通の間では、このシビレが堪らないんだという話を聞いたことがある。しかしさらに症状が進むと、そんな暢気《のんき》なことは言ってられなくなる。

息をするということについて、普段我々は、あまり意識をしていないのだが、実のところ、呼吸というものは脳の中にある呼吸中枢というところがコントロールしている。そこから、「息をしろ」という命令が、四六時中発せられて、それに応えて、横隔膜や肋間筋といったいわゆる呼吸筋が収縮をして、胸郭を広げそして肺を膨らませる、すなわち、呼吸運動が行われているのである。

この「息をしろ」という命令も、神経というケーブルを伝わっていくのだが、従って、テトロドトキシンがこのケーブルに悪さをすると、脳の方では、命令を出し続けているにもかかわらず、それが呼吸筋には伝わらずに、結果、呼吸が停止してしまうことになるのだ。フグ毒すなわちテトロドトキシンが致命的となるのは、このように、息ができなくなってしまうからなのである。

しかし、それこそ通によれば、フグの肝こそ、鮟肝《あんきも》なんぞが及びもつかぬほどの絶品であるらしい。だからこそ、昔から「フグは食いたし、命は惜しし」という蓋《けだ》し名言が、言われ続けているのである。

＊

「先生、ご指摘のように、やっぱり同一の事案のようですね」

指令室の主任から電話が入ってきたのは、二人目の患者が、まだ救命センターに到着する前であった。

「先ほどご家族に確認したんですが、今日は仲間と房総方面に釣りに出かけたってことで、その中に富田茂雄さんという方がいたそうです」

「ありゃあ、似たような住所だったたんで、もしやと思ったんだけど、悪い予感が当たっちまったな」

どうやら、これから担ぎ込まれてくる二人目の患者も、同じ素人料理のフグちりをつついた挙げ句のことらしい。しかし、そうだとすると……

「主任さん、実は、富田さんの奥さんに聞いたんだけど、その仲間っていうのが、何人かいるらしいんだよ」

「ええ、こちらでもそう聞いたものですから、いま、ご家族にそのお仲間っていうのをリストアップしてもらっています」

「そうか、で、どうする？」

「はあ、それぞれ居所が判れば、救急隊員を派遣して、安否を確認します」

「ご苦労だけど、そうしてもらえると助かるな」

「はい、万が一、症状があれば直ぐ先生の所へ運びますので……」

「そうね、ま、何ともなくても、受診させてくれた方がいいな、一応」

「わかりました、所轄の警察にも届けておきますから」

東京消防庁総合指令室の主任は、ことの重大性をよく承知している。

主任の電話が切れるか切れないかのうちに、救急処置室の窓ガラスが、赤色燈の点滅で赤く染まった。

「二人目が来たぞ！」

「呼吸は？」

気道確保だ、人工呼吸だ……

＊

この下町の救命センターに、フグ中毒が担ぎ込まれてくるのは、実はそう珍しいことではない。軽いものも含めると、毎年必ず、何人かの患者がやってくる。

過去には、こんなケースもあった。患者は一人暮らしで、たまたま知人が訪ねると、部屋の中で倒れており、意識がなかったので救急車が呼ばれたというものである。我々の救命センターに運ばれてきた時には、すでに呼吸も脈もなく、蘇生術には全く反応しなかった。患者はまだ若く、特に病気もなかったということで、警察に届けられたのだが、解剖の結果と自宅の捜索から、フグ中毒によるものだと結論されたのである。自宅の台所には、フグの素人料理の残骸があり、患者の胃内容物から、高濃度のテトロドトキシンが検出されたというわけである。

こんな例もある。やはり同様に、自分で調理したフグを食べた後、全身の脱力感が出てきたというので、患者の家族が救急車を要請したものである。救急隊が現場に着いた時、幸いなことに、かろうじて心臓は、まだ動いていたのだが、すでに呼吸は停止していた。その患者は、直ぐに人工呼吸を施されながら、この救命センターに担ぎ込まれてきた。しかし、おそらく、呼吸停止していた時間が相当あったのだろう、幸か不幸か、命は取り留めたものの、患者は意識が戻らない、いわゆる植物状態で残ってしまったのである。

子供たちもまだ幼く、一家の大黒柱だった父親が、なんと、フグ中毒で植物人間になってしまったのだ。残された家族にしてみれば、病気ならば諦めもつこうし、あるいは、例えば交通事故でそうなったんだとすれば、その加害者を恨むことで、気持ちの張りを保つこともできるかもしれないのだが、よりによって、自分で調理したフグに中ってしまうとは……

フグの素人料理が危ないということは、言い古されてきていることである。植物状態でベッドの上で横たわる患者を前にして、ぶつける先のないやり切れなさに充ちていた、妻と子供たちの表情を、今でも思い出すことができる。

＊

「じゃあ、採血の終わった人から、一人ずつ診察室に入ってもらって」

釣り仲間は、全部で七人ということであった。そのうちの二人が、すでに集中治療室に送られ、人工呼吸器につながれている。残る五人のうち、所在をつかむことのできた三人が、救急隊によって病院に連れてこられていた。

救急外来の待合室は、所轄署の刑事と消防署の担当官が、その釣り仲間を取り囲むように入り乱れており、ただならぬ雰囲気である。

「エーと、あなたも、富田さんたちと一緒に、例のフグを食べたんですか？」

「ま、まあ、そうですが……」

「具合はどうですか」

「具合って、別にどうってことは……ないですよ」

「特に、舌先や口の周りがシビレてるってことは？」

「……ありませんが、ね」

「そうですか、フグはだいぶ召し上がりましたか」

「いやあ……少しだけですよ、私が食べたのは」

当直医の問診に、腕組みをしながら、憮然とした表情で応えている。

「まあ、それならいいんですが……ところで、富田さんたちのことは、お聞きになりました？」

「は、はあ、救急隊の方から……」

「そうですか、まあ、何とか、間に合ったとは思うんですが」

「間に合ったたって……なに、命に関わる状態なんですか」

「間一髪だったと思いますよ、おふたりとも」

当直医の前に腰掛けたその患者は、信じられないといった表情で、当直医の顔を斜めに見つめた。

「いやあ、これまで、こんなことはなかったんでねえ」

「と、いうと、これまでも調理されていたんですか、フグを」

「えっ？　ええ、まあ……」

「釣りをされるんですから、当然、フグの怖さはご存じですよね」

「はあ、何度か仲間内で調理したけれど、でも、何事もなかったから……」

「あたりまえですよ！　何かあったら、今頃、この世にはいませんよ、あなた！」

当直医の、突然の大声に、患者は組んでいた腕を解き、頭を掻いた。

「は、はい……」

医者の問いかけに、それまで憮然とした表情で応えていたその釣り仲間は、当直医の一喝《いっかつ》を受けてからは、むしろ饒舌になっていった。

――い、いやいや、だから、私は、ほとんど食べてないんですよ……

――いつも、そんなに食べないんですよ、ほんとに……

――フグの調理だって、私は、滅多にやらないんですから……

まるで、いたずらを見咎《みとが》められた子供が言い訳を連ねるように、頭を掻きながら、当直医に向かってまくし立てた。頬に片手を当て、その釣り仲間の顔をじっと見つめていた当直医が、止めどなく続く彼の言葉を遮った。

「今、特に症状がないようですから、先ほどの採血の結果で問題がなければ、自宅に戻られて大丈夫だと思います」

「は、はあ、申し訳ありません」

「しかし、いいですか、フグ毒の場合、教科書的には、二十四時間程度は要注意だとされていますから、そのつもりでいて下さい、もし、何か変わったことがあったら、直ぐに連絡を下さい」

看護婦が、診察室からその患者を送り出し、そして待合室のベンチに仏頂面で腰掛けている次の釣り仲間に声をかけた。

＊

「おい、先に上がった二人の方は、どんな具合だ」

外来での診察の終わった当直医が、集中治療室に戻ってきた。

「ええ、二人とも、人工呼吸器につながれてますよ」

若い医者が指さす先には、件《くだん》の二人が枕を並べて横たわっている。二人とも、人工呼吸用の太いチューブを口から気管内に入れられ、それが抜けないよう、顔中にテーピングされている。そのチューブの先からは、さらに太い二本の蛇腹状の管が延びている。それらを辿っていくと、ベッドの脇に据えられた人工呼吸器に到る。その二本の蛇腹管は、吸入気と呼出気、すなわち「吸って、吐いて」の経路なのだ。

人工呼吸器からは、吸入気を患者に送り込むシュー、シューという、規則正しい気流音が聞こえてくる。同時に、枕元の壁に据え付けられたテレビの受像機のようなモニターには、患者の心電図が映し出されている。その拍動に合わせて、これもまた規則正しいピッ、ピッという電子音を響かせている。照明を落として周囲が薄暗くなると、人工呼吸器や心電図モニターなどの電子機器の、赤色や緑色のインディケーターやディスプレイだけが辺りにくっきりと浮かび上がり、まるで、映画で見る宇宙船のコックピットにいるような気分になる。

この二人、つい数時間前には、座敷で炬燵《こたつ》にあたりながら、ほろ酔い気分で一つ鍋のフグちりをつついていたのだから、考えてみれば、これは何とも、奇妙な光景ではある。

「なんとかなりそうか」

「そうですね、幸い、二人とも、完全な呼吸停止というところまではいたってませんでしたから」

フグ毒すなわちテトロドトキシンに対する特効薬とか、解毒剤などというものは存在しないのだが、では、フグ中毒の治療は、いったいどうするのだろうか。

フグ中毒が致命的になるのは、脳から発せられる「息をしろ」という情報がテトロドトキシンによって遮断され、息を吸ったり吐いたりという、呼吸運動が麻痺するためである。しかし、情報が遮断されるといっても、その伝達ケーブルが切られてしまうわけではない。たとえて言えば、ちょうど電気のブレーカーが落ちてしまったようなものであり、またスイッチを入れてやれば、元どおりの情報伝達ができるようになる。ブレーカーのスイッチが再び入る、つまりテトロドトキシンを体内から排除するためには、それでは、どうしたらいいのだろうか。実は、吸収されたテトロドトキシンは、人体内でやがて代謝分解され、無毒化されて排泄されるのである。何のことはない、時間が経てば、遮断は勝手に解除されるというわけである。

しかし、そうなるまでの間、麻痺してしまった呼吸運動を肩代わりしてやらなければならない。

「つまり、人工呼吸というわけさ」

要は、テトロドトキシンが代謝、排泄されるまで、人工呼吸をやっていればよいというわけである。ひと言で言ってしまえばこういうことになるのだが、しかし、麻痺症状が現れてきた時に、間髪容れず人工呼吸を施すということは、実は、容易（たやす）い話ではない。

もし、この二人が、無事生還できたとすれば、それは、前医や救急隊の判断や処置が、的を射た適切なものだったからなのである。フグ中毒の患者を助けることができるかどうかというのは、ある意味では、その地域の救急医療体制の良否を見分けるものと言っても言い過ぎではないのかもしれない。

「先生、釣り仲間全員の所在が確認できました」

当直主任から電話が入ったのは、重症の二人が人工呼吸器につながれ、集中治療室がようやく一段落した頃であった。

「そうか、確か、まだ二人いたよな」

「はい、そのうちの一人は、電話で無事を確認できたんですが、あとの一人というのがですね……」

主任によれば、まずその男の自宅に電話を掛けたのだが応答がない、念のために、救急隊を自宅に向かわせたところ、部屋には灯りがともり、中からテレビの音も聞こえるのだが、チャイムを何度鳴らしても、ドアを叩いても全く返答がなかった、ということであった。

「で、どうしたの？」

「ええ、現場でも迷ったらしいんですが、万が一ってことがあり得ますんでね、所轄の警察と一緒に、ドアの錠を壊して中に突入したんですよ」

「ほお」

「そしたら、ですね」

「そしたら？」

「何のことはない、当のご本人は、酔っぱらって炬燵の中で熟睡状態だったっていうんですよ、これが」

「ありゃあ」

「でも、よかったですよ、なにせ、ご本人一人暮らしなものですから、身動きができなくなって、呼吸状態が悪化して、そのまま心停止してしまっていたっていう可能性もありましたから……」

＊

翌々日には、重症の二人も、人工呼吸器から無事に離脱することができた。幸い、何らの後遺症もなく、めでたく退院の運びとなった。

「いやあ、先生、それが、全然めでたくはないんですよ」

「ん？」

「こんなことだったら、どちらか一人だけでも、もって行かれた方がよかったんじゃないですかねえ」

患者とその家族達を送り出した後、受け持ちの医者が、医局に顔を見せた。

「おいおい、死んだ方がよかったっていうのは、あんまり穏やかじゃねえな」

「もちろん、冗談ですが……」

うんざりした顔で、その若い医者が続けた。彼によれば、あなたたちが、今ここでこうやって椅子に腰掛けていられるのは、多くの人間のおかげなんだし、なによりも運がよかったんだと、言葉を尽くして説明しても、当のご本人達は、キョトンとしていたというのである。

「何て言えばいいのか、先生、要するに、患者も家族も、みんな事の重大性が、全然わかってないんです！」

「まあまあ、落ち着けよ」

「だって、先生、一歩間違えば、あの世行きだったんですからね」

若い医者は、憤懣《ふんまん》やるかたないといった表情で、まくし立てた。

「しかも、今回が初めてじゃなくて、何度もフグの素人料理をやってるっていうじゃないですか、少しは反省してるっていうところを見せてくれなきゃあ」

「まあ、今回のことで、少しは懲りただろうさ、なにせ三途《さんず》の川の、一歩手前までいったんだ、それに、人工呼吸で辛い思いもしただろうし……」

人工呼吸器を何日も装着されるということの苦痛は相当なものであり、多くの患者は、二度とあんな目には遭いたくないとこぼすのが常である。

「ところが、先生、二人とも、人工呼吸をされていたことを、全然覚えてないっていうんですよ、これが」

我々が救急処置室で大わらわになって気管挿管しようとしていた時には、既に意識が遠のいており、あの当時のことは記憶にないらしい。

「人工呼吸器をつけていた時は、夢見心地だったらしいんです、どうやら」

患者によかれと思って用いた強力な鎮痛剤や鎮静剤が、徒《あだ》になってしまったというわけである。

「そうカリカリするなよ、警察も動いてるんだし、きっと、それなりのペナルティがあるだろうさ」

「そうはいかないみたいですよ、先生、だって、保険金目当てとかで誰かを嵌《は》めようとしたわけじゃなくて、全員が承知で食ったんだし、それでも誰かがおかしくなってりゃ違ったんでしょうが、結果的には誰も傷つかなかったわけですから……」

こんなことなら、誰かが犠牲になってりゃよかったんだと、若い医者は、医局のソファを蹴り上げた。

「彼らにとっては、今回のことも、酒の肴の武勇伝ぐらいにしかならないんじゃないですかね、まったく!」

ほんと、やってらんねえよなあといった顔で、若い医者は眉をつりあげた。

「ま、そんなとこだろうな」

救命センター暮らしの長い古株が、相槌《あいづち》を打つ。

「来年も、きっとフグちりやりますよ、賭けてもいいです、それで、今度担ぎ込まれてきた日にゃ……」

若い医者の怒りは、なかなかおさまりそうにない。

「そう言わないで、この次も面倒みてやれよ、救命センターなんだから、おまえさんのいるところは」

救命センターというところ、こんな釣り仲間と似たような患者ばかりである。

何度血を吐いて死線をさまよっても、喉元すぎれば、また酒を食らって、救急車で担ぎ込まれてくるアルコール性肝硬変の酔っぱらい……いったい、何度胃洗浄されれば気が済むのか、これでもかこれでもかと睡眠薬を呷《あお》ってくる茶髪ねえチャン……何本折っても、またどこか別の骨を折ってやってくる血塗《ちまみ》れの暴走バイク野郎……

そう、こんな常連客を抱えているのが救命センターってとこなんだから、フグちりぐらいで、いちいち頭に血を上らせているようじゃあ、救命センターのスタッフなんぞ、務まりゃしないぜ、きっと……

陽性

過日（二〇〇〇年）、我が東京都知事より、東京ER構想なるものが発表された。

ERとはEmergency Roomの略で、日本語にすれば、救急室、救急処置室あるいは救急外来などにあたる言葉である。知事が発表したところによれば、今の東京の救急医療体制は不十分であるので、三百六十五日二十四時間、いかなる病状にも適切に対応できるものを作り上げなければならないということらしい。その計画を東京ER構想と命名したというわけである。そしてその計画の先頭に立つのが、お膝元の都立病院ということで、この下町の救命センターにも、東京ER構想の大波が押しよせてきそうな雲行きである。

さて、このERという言葉、実はテレビではおなじみである。NHKで放映されている「ER」というアメリカのテレビドラマがそれである。ご覧になったことのある向きも多いと思われる。もっとも、NHKではERを「緊急救命室」と訳しているようである。

このドラマ、アメリカの実際のERをリアルに描きだし、そこで繰り広げられる人間模様を隠し味にして、なかなか面白いと評判らしい。ウソかホントか、我が都知事もこのドラマに魅せられて、東京ER構想をぶち上げたのだという話が、聞こえてくるぐらいである。

しかしながら、医療保険制度や医学教育制度をはじめとして、救急医療体制あるいは医療体制そのものが、日本とはまったく異なる彼《か》の地のものである。まして、作り物のドラマのように、そううまくいく筈《はず》は……なんぞという陰口を叩くのは、この際、やめておこう。

確かに、この東京ER構想は理想的なものではあるのだ。しかし、医療圏の広さや人口密度に大きな違いのあるこの東京に、アメリカで行われていることをそのまま導入しようというのでは、さまざまな問題が生じることは明らかであり、いささか無謀といわれても仕方がない面があるのも事実である。もちろん、東京版ERを新しく作り上げればよいのであるが、ことはそう簡単ではない。ひょっとすると、それは日本の医療そのものを大きく転換させることになるのかもしれないのである。もっとも、それが、知事の本心なのかもしれないのだが……

とまれ、こうした新しい構想をトップダウンで提示されたこの下町の救命センターでは、まさしく右往左往、暗中模索の日々が続いている。

＊　＊　＊

「そうそう、うちでもああいう風にやりましょうよ、先生」

「ああいう風って？」

「ゴーグルをつけて、防護用のガウンを纏《まと》うんですよ」

救急車の到着を待つ救急処置室で、患者受け入れの準備をしながら、若い医者が口を開いた。

「何だい、そりゃ」

「昨日の夜、やってたんですよ、ほら、例の『ER』で」

そう言えば、この若い医者は、「ER」フリークである。

やれやれ、話し出したら止まらない、ひとしきりおとなしく聞いているしかなさそうだ。

「いつものように、救急隊が患者を担ぎ込んでくるわけですよ、見ると、銃弾を撃ち込まれたのか、あちこちから血が噴き出しているじゃないですか、すると主人公のドクターたちが、やおらゴーグルを取り出し、看護婦から受け取った黄色いガウンを身に纏うんですよ」

身振り手振りを交えて、迫真の演技を見せてくれる。

「これがまた、恰好いいんですよね」

「ふーん、おまえさんも、実際に患者が担ぎ込まれてきた時に、その『ER』に出てくる役者ほどに、テキパキと動いてくれりゃ、ほんと、カッコいいんだが……」

当直医が呆れ顔で応える。

「また、先生はそうやって、人の話の腰を折るんだから」

生身の人間の血液ほど、実は、汚いものはない。汚いという言い方に語弊があるとするならば、他人の血液ほど怖いものはないと言い換えてもいいだろう。

血液の怖さを物語るものとして、最近では、薬害エイズ事件が記憶に新しい。ご存じのように、エイズウィルスで汚染された治療薬を市場に流通させてしまったがために、それを使った多くの血友病患者がエイズを発症し、生命を落とすことになってしまったという、まことに不幸な事件である。その治療薬というのは、生身の人間の血液からつくられたものであった。血液を提供した者の中に、エイズウィルスに感染していた人間がいたのだ。当時は、今ほどにはエイズというものに対する知見がなく、血液を介して感染が拡がっていくということも、まだ、はっきりとは判らない時代だったのである。

実は、似たようなことは、過去にいくつもある。例えば、B型肝炎である。かつて、血清肝炎あるいは輸血後肝炎などと呼ばれていたものである。当時はまだ、B型肝炎ウィルスというものが血液中に存在し、輸血によってそれが感染するのだということが、解明されていなかった。そのために、大けがやお産の時に大出血をきたし生命の危険にさらされた患者が、輸血によって一命を取り留めたものの、その後で肝炎をおこすということが、しばしば認められたのである。中には命を落とす場合もあり、また、たとえ命を落とさずとも、肝炎が慢性化し、何十年かの後に肝硬変になってしまって不幸な転帰をたどったケースが、数多く存在する。

こうした、エイズやB型肝炎に限らず、C型肝炎や梅毒などといった疾病も、多くの場合、血液を介して伝染していく。つまり、病原性のあるウィルスや微生物が、患者の血液中に存在しており、その血液に触れることによって感染がおこり、あらたな患者が生まれてしまうというわけである。もちろん、現在使われている血液、一般には銀行血などと呼ばれているものであるが、こうした血液は、エイズウィルスや肝炎ウィルスはもちろんのこと、現時点で検知し得る病原体に汚染されていないことを確認した上で、供給されている。

しかし、だからといって、それでも一〇〇パーセント安全だというわけにはいかない。確率は非常に小さいのだが、さまざまな理由でそうした病原体が検査をすり抜ける場合も実際には存在し、また、そもそも未知の病原体についてチェックすることは、まったく不可能なのである。言うまでもなく、B型肝炎ウィルスもエイズウィルスも、かつては、未知の病原体だったのだ。そうしたことから、以前は、輸血が多くの疾病に効くと思われ、安易におこなわれていた時代もあったのだが、しかし、現代では、輸血などということは、できることなら極力避けるべきものであり、そうしなければ生命に関わるという場合にのみ実施するというのが、医療関係者の一致した考えである。

そのため、今では、自己血輸血ということが日常的に行われている。たとえば、心臓や肝臓の手術など、大量の出血が予想されるような場合、手術予定日の何日も前に、予《あらかじ》め患者自身の血液を採取し、それをストックしておく。万一、手術中に輸血が必要な事態に陥った場合は、ストックしている自分自身の血液を輸血するのである。こうすれば、他人の血液を輸血されることによって、余計な病気をもらってくる心配はない。ことほど左様に、他人の血液というものは危ない代物なのである。

「ま、おまえさんのように、不器用でドジな奴には、そんなものが必要かもしれないな、確かに」

当直医の言葉に、「ER」フリークは口を尖《とが》らせた。

医者や看護婦、検査技師など、本来、他人の血液というものの怖さをたたき込まれている人間でも、その犠牲になってしまう場合がある。医療現場でよく見られるのが、「針刺し事故」と呼ばれるものである。

例えば、注射器を使って患者から採血をした時、その血液を検査用の試験管に移し替えるために、試験管の栓にその注射器の針を刺す必要があるのだが、その際、間違って自分の指にその針を刺してしまうことがある。あるいは、手術中に、傷口を針と糸を使って縫い合わせているようなとき、うっかり助手の指にその針を刺してしまうことがある。これが「針刺し事故」である。

一度でも患者の体に刺さった針は、患者の血液で汚染されていると考えなければならない。もし、その患者が、B型肝炎や梅毒に感染していると、その針を介して、病原体が侵入することになる。そしてそれが直接の原因となって、肝炎や梅毒になってしまうことがあるのだ。

もちろん、病原体の感染力には強弱があって、それが侵入したからといって、必ずしも発病するとは限らない。事実、針刺しを何回もやっていながら、ピンシャンしている強者《つわもの》がいるかと思えば、その反対に、不幸にもたった一度の針刺しで肝炎になり、それが劇症化して命を落としてしまったという、前途有望だった若い医者も、少なからずいるのである。

また、針を刺さずとも、例えば、口腔粘膜や眼球結膜に血液が触れることで感染が成立してしまうこともある。救命救急センターに収容されるような激しい外傷の場合、その処置中に、血飛沫《ちしぶき》が我々の顔やユニフォームを真っ赤に染めることがある。時には、口や眼の中に、患者の血液が直接入ってしまったりする。あるいは、ユニフォームを通して、下着まで赤く浸《し》みてしまうこともあるのだ。「ＥＲ」に出てきたゴーグルとガウンというのは、こうした血液汚染から、医療関係者の身を守るものなのである。

「テレビでやってることに、直ぐに飛びつくなんていうのは、ほんと、おまえはミーハーだよな」

「まあしかし、彼の言うことにも、一理はありますね」

「不器用でドジなために命を落としちゃ、かわいそうだってわけかい？」

「いやいや、そうではなくて……」

確かに、針刺し事故は、注意深い慎重な人間もおこしているのだ。

「最近じゃ、うちの救命センターだって、テレビの『ＥＲ』なみに、物騒になってきてますからねえ」

「ん？」

「ほら、この間の飛び降りの……」

「ああ、ＨＩＶ陽性だった、あの患者さんのことね」

その医者の指摘した患者が運び込まれてきたのは、一ケ月ほど前のことである。

＊

「自殺？」

「そのようです」

救急隊が担ぎ込んできたのは、年恰好からすれば、四十代半ばといったところだろうか、いかにも営業マンといったスーツ姿であった。その下に着込んでいるワイシャツが、しかし、襟元を中心に、血で真っ赤に染まっている。救急隊長の話によれば、七階建てのビルの屋上から、飛び降りを図ったらしいということであった。

「下は？　アスファルトかい」

「はい、しかし、目撃者の話ですと、自転車置き場の屋根で、一回バウンドしたようですね」

それがクッションになったのであろう、本来なら、即死になるところだが、かろうじて脈の触れる状態で運ばれてきたというわけである。

「うへえ、先生、頭がグズグズですよ、こりゃ」

枕元に立った若い医者が、酸素マスクを患者の顔に宛《あて》がいながら、血糊がべったりとへばりついている頭を触診する。両手でその頭を左右から掴むと、患者の頭蓋骨がギシギシと音をたてている。レントゲン写真を撮るまでもなく、頭蓋骨が粉々になっていることは間違いない。おそらく、頭から真っ逆さまに墜落したのであろう。

「耳出血は？」

「左右ともあります、鼻出血もひどいですね」

耳出血があるということは、脳味噌を取り囲んでいる頭蓋骨の一番深いところ、すなわち頭蓋底と呼ばれる部分に、骨折が及んでいることを意味している。その頭蓋底には、脳味噌から導き出されてくる太い静脈が何本も密着して走っている。頭蓋底骨折に伴い、裂けた静脈から大量の血液が流れ出すのだ。その血液が、耳と言わず、鼻と言わず、口の中と言わず、大量にあふれ出てくるのである。

「体中の血液が、全部流れ出ちゃう勢いだぜ、こりゃ」

頭を支える若い医者の足下には、流れ落ちる血液で、みるみる赤い水たまりができていった。

「輸血だ、輸血を急いでくれ！」

指揮を執る医者の大声が、救急処置室に響き渡る。

「先生、骨盤もいってます！」

「血尿あり！」

「右の肋骨も折れてますね」

次々と報告される状況に、指揮官が表情を曇らせた。

「こいつは、とてももたんな」

患者を乗せたストレッチャーの周りに、何とも生臭い血のにおいが立ちこめる。

「先生、心拍が落ちてきてます！」

モニターを見ていた看護婦が金切り声を上げる。救急処置室にいる全員の目が、心電図モニターに注がれた。運び込まれてきた時には、一〇〇以上はあったはずの心拍数が、徐々に少なくなって、五〇を割ろうとしている。

「このままじゃ、止まっちゃうな」

指揮官が言ったとおり、心拍数があれよあれよという間に落ちていった。心電図モニターを見つめていた若い医者が、おもむろに心臓マッサージを始めようとするのを、しかし、指揮官が制した。

「もういい、やっても無駄だ」

骨盤や腎臓ならともかく、残念ながら、頭蓋底骨折からの出血を止める有効な手だては、ないのである。

飛び降り自殺を図ったらしいその患者の身元は、持っていた名刺から直ぐに判明した。そこには、いわゆる一流企業の管理職の肩書きが記されていた。きちんとスーツを着込んで、ネクタイを締めて担ぎ込まれてくるなんぞということは、この下町の救命センターでは非常に珍しいことである。おまけに、一流どころのエリートともなれば、滅多にお目にかかれない。過労が重なって発作的にやったのか、それとも、こんなご時世だから、リストラの憂き目にでもあって思いつめてしまったのか、自殺の動機はどうせそんなところだろうと、誰もがみんな考えたとしても、何の不思議もない状況であった。

「ところで奥さん、ご主人が自殺をされるような理由を、何かご存じですか」

「は、はあ、実は……」

救急隊からの連絡を受けて、病院に駆けつけてきた患者の妻から聞かされた話は、しかし、大方の予想をひっくりかえすものであった。

「な、なんですって、ご主人、エ、エイズなんですか⁉」

『エイズ』というのは、AIDS、すなわち『後天性免疫不全症候群』のことであり、健康な人間に本来備わっている免疫システムが、何らかの原因によって破壊される病態を意味している。我々は、この免疫システムによって、病原菌に冒されたり、癌《がん》になったりすることから守られているのだが、従ってこのシステムが破壊されると、重篤な感染症にかかったり、さまざまな癌になって命を落としてしまうことになるのである。

この『エイズ』という病態をひきおこす原因の最たるものが、すなわちエイズウィルスであり、これはHIV（ヒト免疫不全ウィルス）とも呼ばれている。

「ご主人、どこでHIVに感染されたんですか」

妻の説明によれば、仕事で東南アジアを行き来しているうちに、向こうで感染してしまったということらしい。

「向こうで、何度か遊んだことがあるらしくて……」

人は見かけによらないというのは、蓋《けだ》し名言である。妻と向かい合っていた当直医も、呆気にとられて、しばらくの間、言葉を失ってしまった。

『薬害エイズ』などという不幸な例や、あるいは覚醒剤や麻薬などの回し打ちによる注射器の共用が原因となるようなケースを除くと、現在、HIVが感染する危険性がもっとも大きいのは、セックスを介してである。HIVは、血液や精液、あるいは膣の分泌液に多量に含まれており、セックスを介して、粘膜や皮膚の小さな傷から、感染するのである。しかも、以前はホモ・セクシュアルなどといった特殊なセックスがその原因の多くを占めるとされていたのだが、現在では、通常の男女間のセックスが、もっとも頻度の高い感染経路だと言われている。特に、決まったパートナーではなく、不特定多数相手に行われるセックスが、もっとも危険だとされている。

「そ、そうだったんですか、で、ご主人、どうやって判ったんですか、エイズだってことは」

「はあ……本人も、何か引っかかることがあったようで、二ケ月ほど前に、保健所で検査を受けたらしいんです」

HIVが体内に侵入すると、HIVに対する抗体が作られることになる。この抗体は血液検査によって捉まえることができ、もし、その抗体が確認されると、HIVに感染したとされて、HIV陽性患者と呼ばれるわけである。

「保健所で出されたHIV陽性という検査結果が相当にショックだったらしくて、主人、このところ随分と落ち込んでいましたから……」

妻は、膝の上に組んだ手に視線を落とした。

「なるほど、ところで、ご主人は、保健所に行く前、体調が悪いとおっしゃってましたか」

「は？　いえ、別に、保健所からの通知があるまでは、いつもとまったく変わりありませんでしたが」

どうやら、この患者は、まだ『エイズ』を発症してはいなかったらしい。実は、HIVに感染してから、『エイズ』を発症するまでには、数ケ月から十年近くを要すると言われている。つまり、たとえHIV陽性とされても、相当の間、免疫システムは正常に機能しており、日常生活には、何ら差し障りはないのである。

最近の研究では、HIVに感染しても、『エイズ』にならない患者がいるということもわかってきており、また、良い薬も開発されて、『エイズ』の発症を少しでも遅らせようとする試みが、世界中で行われている。そういう意味では、HIV陽性だからといって、必ずしも絶望することはないのだが、しかし、この患者は、もう死を宣告されてしまったかのように思いこみ、その将来を悲観して、自ら命を絶ってしまったというわけであろう。HIV陽性の告知は、癌のそれに似ているのかもしれない。

＊

「そうそう、あの時の奥さん、そうなることを覚悟していたのか、今から思うと、何だか、ずいぶんと落ち着いていたような気がするなあ」

当時のことを思い出しながら、当直医は天井を見上げた。

「その時、冷静でいられなかったのは、むしろ我々の方ですよ、先生」

「ん？」

「だって先生、処置室の床は、あの時、ほんと、血の海でしたからね、下手すりゃ、患者の血液をもろに浴びるところだったんですから、後で先生から、あの患者がHIV陽性だって聞いて、そりゃあ肝《きも》を冷やしましたよ」

HIV陽性患者は、たとえ『エイズ』を発症してはいなくとも、その血液はエイズウィルスの感染源となる。

「だから何時《いつ》も言ってるじゃねえか、他人の血液ほど汚いものはないんだぞって」

なにもHIVだからといって特別扱いする必要はない、そういう意味では、B型肝炎だって、C型肝炎だって、梅毒だって同じである。こんな身なりや職業なら大丈夫だろうなんぞという根拠のない先入観は捨てて、どんな患者に対する時でも、針刺しはもちろんのこと、その血液には絶対に接触しないというのが、医療関係者の鉄則なのだ。

「そりゃあ、まあ、先生のおっしゃるとおりですが、だけど先生だって、まさかあの患者さんがHIV陽性だなんて、思いもしなかったんでしょ、ほんとは」

夜ともなれば、病院の周りに、青い灯赤い灯、ネオンがキラ星のように輝き、近くの路地の暗がりには、一見してその手のものとわかる女たちがたむろする下町の救命センターのことである、風俗系の患者が担ぎ込まれてくれば、それなりに身構えもする。過去に幾人ものHIV陽性患者が担ぎ込まれてきてはいるのだが、しかし、実際のところ、玄人筋は一人もおらず、ほとんどが素人であった。

「ま、それぐらい、この日本でも、HIVが蔓延し始めてるってことだよ、物騒なことにね」

「でしょ、だから、先生、我が救命センターにも、やっぱり『ER』張りのゴーグルとガウンを……」

「わかった、わかった、おまえさんの言いたいことはよくわかったから、まずはその『ER』張りの働きをしてくれよな」

「いや、ですから……」

別の医者が、「ER」フリークの言葉を遮った。

「そんなことよりも、先生、奥さんの方は大丈夫なんですか」

当直医が振り返った。

「だって、その奥さん、自殺したご主人と一つ屋根の下で暮らしていたんでしょ、だったら、奥さん自身にも、HIVが感染している可能性があるんじゃないんでしょうか、先生」

「そうなんだよ、おまえさんの言うとおりなんだよ」

当直医は、声を潜めた。

＊

「ご主人がこんなことになってしまった時に、何なんですが……」

宙をさまようこともなく、視線がその膝頭あたりに張りついているためだろうか、妙に落ち着いて見える妻に、当直医が声をかけた。

「奥さんは、お調べになりましたか、ご自身のHIV抗体は」

「は？」

何を言われたのか俄《にわか》には理解できないといった表情で、妻は、視線を医者の顔に向けた。

「いえね、先ほど奥さんもおっしゃっていたようにですね、ＨＩＶはセックスで感染する可能性がありますので、ですから、そのう、奥さんも、ですね……」

一瞬、聞き取れぬほどの「あっ」という小さな声と共に、妻は顔色を変え、幾度か目をしばたたいた。

「そ、そうですよね、今の今まで、そのことには全く気がつきませんでした」

どこか諦めに似た、それまでの落ち着いた物腰は、とうに消え去っていた。それを見てとった当直医は、畳みかけるように続けた。

「ご主人とのセックスは？」

「は、はい、もちろん、でも最近は……」

おそらく、保健所からＨＩＶ陽性と通知を受けてからは、夫は、妻とセックスするなどということを考えもしなかったのであろう。

「ど、どうしましょう、私、全然、思いもよらなかった……」

そう小声で呟きながら、妻は、青ざめた頬を両手で覆った。落ち込んでいる夫のことにかまけて、自分のことにまで、気が回らなかったのだろうか。妻の視線は、打って変わって焦点が定まらなくなっていた。

「チェックされてないのであれば、是非、確かめられた方がよいと思いますが……」

妻は、額に手を当てて目を閉じた。

「大丈夫ですか、奥さん」

当直医の声が聞こえているのかいないのか、妻は言葉を返さないで、項垂《うなだ》れたままであった。

「これから、しばらくの間慌ただしいでしょうから、時間がとれるようになったら、もう一度この病院に来て下さい、感染症科というところがありますから、そこの外来を受診して下さい、直ぐにわかるようにしておきますので、よろしいですね」

＊

「へえ、奥さんとの間で、そんなやり取りがあったんだ」

「ER」フリークが、知らなかったなあといった顔で独り言《ご》ちた。

「でも、あんまりいい役回りじゃないですよね」

「何が？」

「何がって、他人様《ひとさま》の秘め事にまで立ち入るわけですから」

「そりゃしょうがないだろ、こちとら、医者なんだから」

「だけど、奥さんに言わなきゃいけないんでしょうか、ＨＩＶ感染の可能性を」

「うん、それは、とても大事なことだと思うよ」

万一、感染が成立しているとすれば、エイズが発症しないよう、できるだけの手を早急に打つということが、彼女には必要となる。また、自分がＨＩＶ陽性だということを認識していないとすれば、彼女自身が、意識せずに新たな感染源となる可能性も出てきてしまうのである。

「でもやっぱり、気が重いですよね、こういう話は」

「確かにおまえさんの言うとおりだが、だけど、今回のはまだいいんだよ、だって、夫自ら、自分が陽性だって妻にしゃべっているんだから」

医療機関に入院となる場合、患者の血液をサンプリングして、B型やC型の肝炎、あるいは梅毒などの感染症の有無を確認するのが一般的である。これは、患者自身の病態を探るために必要であるのと同時に、医療関係者への感染を防ぐ上でも重要な作業である。

言うまでもなく、陽性者だからといって患者自身は何らの差別をされるわけではないが、患者の血液や排泄物は、やはり感染力のあるものとして分別《ぶんべつ》されなければならないし、医療関係者が、そうした患者に対処している時に針刺し事故を起こしてしまった場合、直ぐに手が打てるようにしておく必要があるのだ。現在では、HIVについてもルーチンにチェックするところが増えてきているようである。

もちろん、こうしたことは患者自身のプライバシーに関わることなので、サンプリングに当たっては、事前に患者の同意を得ることが求められる。このプライバシーということが、しかし実は、大きな問題となってしまうことがある。

患者の感染が明らかになった時、その事実を患者本人に告げることは、治療をする上でも必要なことではあるのだが、しかし問題は、例えばそれまで患者と一緒に、長年生活してきているような家族や同居人が存在する場合である。医者にすれば、夫婦生活あるいは共同生活の中で、そうした家族や同居人にも感染が成立しているのではないかと危惧するのだが、しかし、そうした考えを医者の一存だけで、家族や同居人に伝えるわけにはいかないのだ。

患者自身の同意が不可欠なのである。

「それじゃあ、大した問題ではないんじゃないですか」

「どうして？」

「だって、そのことについて、患者さんが同意しないなんてこと、考えられないでしょ」

「なんちゅう単純な奴なんだろうね、おまえさんは」

「だって、愛すべき家族の健康に関わることなんですよ」

「おいおい、夫や妻や家族が愛すべき存在だなんて、いったい誰が決めたんだよ」

「そ、それは……」

「だから、プライバシーなんだよ」

「は？」

「例えば、もし、感染が明らかになることによって、それまでの人間関係が崩れてしまうかもしれないと、患者さんが考えたとしたら……」

病気というものは残酷なものである。患者がそれまでに作り上げてきている人間関係の表裏、強弱そして真贋《しんがん》を、有無をいわさず白日の下にさらしてしまうのだ。

「なるほど」

「おまえさんの好きな『ＥＲ』のお膝元では、よかれと思ってやった家族への告知のために、何人もの医者が訴えられて負けているんだぜ、患者の同意を得なかったことが原因で」

日本では、患者が癌と判明した時、多くの場合、その事実は患者の家族にだけ告げられ、本人への告知の可否は、その家族が決めることになる。しかしこうした慣行は、個人のプライバシーというものが最優先される彼の地にあっては、到底、受け入れられないものである。むしろ、医者から真実を聞いた患者自身が、家族への告知の可否を決めるという国柄なのだ。

「しかしそうだとすると、患者のプライバシーを尊重するということのために、下手をすると、家族が健康を取り戻せるせっかくのチャンスをミスしてしまったり、最悪、命を落としてしまうということがあり得るっていうわけですね、先生」

「もちろん医者としては、家族に告知するように患者を説得するんだけど、それがうまくいくという保証は、どこにもないからな」

「いやあ、しかし、そりゃ、危ない話ですよね、ホント」

「危ない？　うん、危ないっていやあ、この話、もっと危ない顚末《てんまつ》があったんだぜ、実は」

当直医は、さらに声を落とした。

＊

「ああ先生、あの奥さん、今、外来が終わったところですよ」

当直医が、感染症科の医者から廊下で呼び止められたのは、それから二週間ほど経った頃のことだった。

「そりゃ、お疲れ、で、採血は？」

「もちろんやりました」

「何時《いつ》？」

「ええと、採血は先週でしたっけね」

「ということは、彼女、やっぱり相当気になってたみたいだな」

指を折ってみると、まだ初七日を終えないうちに感染症科の外来にやって来た計算である。

「結果は？」

「ええ、一昨日《おととい》出ました」

「どうだった？」

「陰性でしたよ」

「そうか、そりゃあよかった」

当直医は、血塗れになった夫が死亡宣告を受けた救急処置室の隣の小部屋で、自らのHIV感染の可能性を指摘されて狼狽《ろうばい》していた妻の顔を思い出した。

「その検査結果を、先ほど話し終えたところなんですよ」

「喜んでたろ、彼女」

「ま、ホッとはしたようですが……」

突然、感染症科の医者が、当直医を廊下の柱の陰に引っ張っていった。

「な、何だい？」

「いやあ、もともと、彼女は感染の危険はほとんどないんですよ、先生」

「ん？」

「というのは、亭主とはここんとこ、性交渉が全くと言っていいほどなかったってことらしいから」

「そうそう、HIV陽性の通知があってから……」

「いやいや、そうじゃなくてですね、実は愛人がいたらしいんですよ、亭主には」

「な、なんだって！」

どうやら、あの二人、夫婦仲はとっくに冷めていたらしい。

「なあるほど、それでか、亭主が自殺したっていう割には、ずいぶんと落ち着いて見えたのは……」

当直医は、いかにも合点がいったというふうに、何度も頷《うなず》いて見せた。

「で、その愛人っていうのには、連絡がついたのかい？」

「そこなんですよ、先生、彼女の口振りだと、それがどこの誰だか知っているようにも思えたんですが……」

感染症科の医者によれば、その愛人の方こそチェックすべきだというわけで、彼女の所在を教えてくれないかと妻に迫ったのだが、どんなに問いつめても、妻は愛人の所在は知らないと言い張ったということであった。

「その愛人っていうのが、知っててくれりゃあいいんですがねえ、自分の男がHIV強陽性だったってことを……」

さてさて、最近のニュースを見ると、あの「ER」フリークの医者が心配するように、いまの日本、相当物騒なことになってきているのは、どうやら疑いないようである。我が東京都知事の東京ＥＲ構想も、きっと、そんな文脈のなかで生まれてきたのかも……危ない、危ない。

開胸

最近、交通事故に対する関心が、高まっているようである。息子を亡くした夫婦の、ねばり強い訴えによって叶えられた、東京でのある死亡事故の再捜査が、どうやらそのきっかけとなったらしい。

一つ一つの交通事故が、それぞれ固有の原因によってひき起こされているにもかかわらず、あまりにもその数が多いためなのか、例えば警察の捜査やマスコミの報道の中では、交通事故というものが日常茶飯のこととして、これまで、あまりにも類型化して捉えられてきているように見受けられる。その結果なのであろうか、事故の被害者やその家族、遺族の思いまでもがパターン化されて考えられてきた。しかし実際には、その事故の原因と同様に、被害者やその家族、遺族が陥る状況は、それぞれが特別なのであり、とても十把《じっぱ》一絡《ひとから》げにできるはずのものではあり得ない。おそらくは、加害者と呼ばれる側も、事情は同じであろう。先に述べた交通事故の再捜査がきっかけとなって、これまであまり表には出てこなかった、そうした交通事故に巻き込まれた人たちの思いというものが、様々なところで取り上げられるようになってきたというわけである。

以前にも、しかし、交通事故に対する関心が大いに高まった時期があった。昭和四十年代の、いわゆる第一次交通戦争と呼ばれた時代である。高度経済成長に伴い、自動車の数が飛躍的に増加し、その結果として、年間の交通事故による死者が一万人を超えてしまうという事態になったのである。

そうした交通事故による負傷患者の「タライ回し」なんぞということが社会問題化したのもこの頃であった。当時、日本の救急医療体制が見直されたのも、そうした理由による。「救命救急センター」というものが、救急医療のいわば「最後の砦《とりで》」として考え出され、整備、普及が始まっていったのも、実はその頃のことなのである。

この下町の救命センターのルーツもそこらあたりに求められるのであるが、事実、年間に収容される千五百人以上の救急患者のうち、外傷の患者がおよそ半数、さらにその半分以上が交通事故によるものであり、この比率は毎年ほとんど変わらない。

交通事故の犠牲者を間近で、それこそ日常茶飯のこととして見ている我々にしてみれば、交通事故による悲劇が、最近になってことさらに取り上げられるのは、何をいまさら、という思いと、今頃になってやっとわかったのかという情けなさもあって、何とも複雑な心境ではある。

未曾有の大地震で失われた命も、わけのわからぬテロで奪われた命も、交通事故で散った命も、実は、なんの違いもないはずではないのか。にもかかわらず、非日常のことばかりに注目が集まってしまうのは、そうした物見高さが人の常とはいえ、交通事故による死というものが、きっと、あまりにも日常化してしまっていることの証《あかし》なのであろう。

＊　＊　＊

朝のカンファレンスが終わった後で、昨夜の当直であった若い研修医をつかまえて、労いの言葉をかける。

「当直、ご苦労さん、昨日の夜は忙しかったみたいだな」

「はあ、申し送りであったように、夜間に来たのは、交通事故の二件だけだったんですけど、まあ、ケガの内容はともかく、そのどちらも疲れる話で……」

医局でコーヒーを飲みながら、研修医が続けた。

「一件目の方はですね、これが、ほんと、大バカ野郎なんですよ」

「十七歳の暴走バイク、だな」

「ええ、高校生なんですがね、ミニバイクの二人乗りなんですよ」

身を切るような寒風吹きすさぶこの真夜中に、人気のない大通りを、爆音を轟《とどろ》かせながら蛇行運転し、結局は道ばたのガードレールに激突したとのことであった。

「そんなことをして、いったい何が嬉しいのか、全く理解に苦しみますね」

研修医が、ため息混じりにコーヒーをすすり上げた。

「まさしく、自爆ってヤツだな」

「ほんと、最近の高校生は、いったい何考えてんだか……」

「で、二人乗りの片割れの方はどうしたんだい」

「そっちは、救急隊が駆けつけた時に、現場で立って歩けたっていうんで、近くの病院に運んだようですよ」

「じゃあ、ケガの程度は？」

「はあ、後で指令室に確認したところ、打撲だけの軽症ということで、入院にはならずに帰されたようです」

「そうか、そりゃまあ、結構なことだな」

「うちに来た方は、意識状態が悪くて、顔面が血だらけだったんで、救急隊が救命センターを選定したようなんです」

申し送りによれば、しかし、救命センターに着いた時、すでに意識ははっきりとしており、バイタルサインも落ち着いていたとのことであった。全身をくまなくチェックした結果、その診断は、結局のところ、全身打撲、脳震盪《のうしんとう》そして顔面裂傷だけということになったらしい。

「額が派手に割れていましたんでね、だいぶ出血したんだとは思いますが、結果的には、大した傷じゃあないですよ」

救急患者をどこの病院に搬送するかは、原則として現場の救急隊が決める。軽症の患者は、診療所クラスへ、中等症になれば、手術などが可能なそれなりの病院へ、そして、生命にかかわるような重症であれば、救命救急センターへという具合に救急隊が振り分けることになる。

つまり、現場での救急隊の判断が重要となってくるのであるが、しかし、慣れた救急隊でも、傷病の程度を見誤ることがないわけではない。軽い患者を重症と判断してしまうのは、もちろん一向に構わないのだが、逆に、本当は重症なのに軽症と判断してしまって病院選定をした場合は、やっかいなことになる。そんな時、大半の場合は、担ぎ込んだ先の医者が診察をした上で重症度を判断し、ここじゃあ無理だ、直ぐに救命センターへ転送しろ、ということになるのだが、それが特に外傷患者の場合、そのために、治療のタイミングを逸してしまうということがあり得るからだ。端《はな》から救命センターに運んでいれば、時間をロスしないで、なんとか救命ができたのに、という苦い経験は、過去に幾つもあるのだ。

そうしたことを踏まえて、外傷患者の重症度を判断する場合、救急隊に対しては、重めに判断するようにと教育している。迷った場合は、救命センターへというわけである。特に、バイクの事故による外傷の場合、見た目は軽くとも、内臓損傷の隠れている可能性が大きいために、搬送先として救命センターを選定するということが、いきおい増えることになる。

「生身の体むき出しで乗っているバイク事故で、二人とも、それくらいの程度でおさまったってえのは、それこそ、不幸中の幸いというもんだろうさ」

「はあ、確かに……」

「じゃ、いったい何が疲れるっていうんだよ、深夜の暴走バイクなんざ、ここじゃあ珍しく

郵便はがき

料金受取人払郵便

神田支店承認

7443

差出有効期間
2012年9月
30日まで
（切手不要）

101-8051

050

神田支店郵便
私書箱4号

集英社文庫ナツイチ
『愛読者カード』係行

さあ、地図にない世界へ。

ナツイチ

夏の一冊 集英社文庫 2012

ご住所（〒 ）		
お名前（ふりがな）	年齢 歳 性別（ 男 ・ 女 ）	ご購入日 年 月 日頃

ご職業
1.学生（A.小学校 B.中学校 C.高校 D.専門学校 E.大学 F.大学院） 2.会社員・公務員
3.自営 4.自由業 5.主婦 6.その他（ ）

今回お買い上げの本のタイトルをご記入ください。	

集英社文庫をご購読いただきありがとうございます。小社出版企画の資料にさせていただきますので、裏面の設問にお答えください。それ以外の目的で利用することはありません。ご協力をお願いいたします。

■集英社文庫“ナツイチ”フェアを何でお知りになりましたか。

1.新聞広告(新聞名　　　　　　　)　2.雑誌広告(雑誌名　　　　　　　)
3.電車内の広告で　4.駅貼り広告で　5.屋外看板で　6.文庫はさみ込みチラシで
7.書店で見て　8.webサイトを見て　9.モバイルサイトを見て　10.知人にすすめられて
11.その他(　　　　　　　)

■この本をお買い上げになった動機は何ですか。

1.著者の作品が好きだから　2.名作を読みたかったから　3.タイトルにひかれて
4.装丁が良かったから　5.先生に勧められて　6.夏休みの宿題のため
7.プレゼントが欲しかったから　8.その他(　　　　　　　)

■集英社文庫“ナツイチ”フェアについてご意見をお聞かせください。

1.印象に残った　2.ふつう　3.知らなかった　4.つまらない
5.その他(　　　　　　　)

■ナツイチオリジナルスタンプのプレゼントについてご感想をお聞かせください。

■この夏の他社の文庫本フェアと比べて、どんな印象をお感じになりましたか。

■ナツイチフェア中に集英社文庫を何冊購入しましたか。[　　　　]冊

■ナツイチフェア以外の時期に、他社の文庫も含めて何冊購入しますか。

[　　　　]冊／1ヶ月あたり

■集英社文庫のホームページ、Twitter、facebookはご覧になりましたか。

1.はい　2.いいえ

■集英社文庫に対するご意見・ご希望があれば、お聞かせください。

■最近お買い求めになった文庫のタイトル、著者名、レーベルをお教えください。

タイトル[　　　　　　　]
著者名[　　　　　　　]
1.岩波　2.角川　3.講談社　4.光文社　5.新潮　6.中公　7.徳間　8.文春
9.幻冬舎　10.小学館　11.コバルト　12.その他(　　　　　　　)

も何ともないだろうに」

「そりゃ、そうなんですが……いえね、先生、その高校生の親なんですよ」

「ん？」

若い研修医が疲れたその原因は、その親の言動であったらしい。

「患者の両親が病院に着いたのは、ちょうど、額の傷を縫合し終わったぐらいですかね……」

当直の整形外科医とその研修医が、両親への説明をおこなった。

「病状を伝えたところ、いったいなんて言ったと思います、その親が、先生」

研修医は、その時のことを思い出したのか、急に声が大きくなった。

「先生、顔は、顔の傷は、痕が残るんでしょうかって……あきれますよ、まったく」

コーヒーカップを握りしめながら、若い医者は続けた。

「そりゃね、男といえども、化粧するご時世ですからね、親が顔の傷を心配するのはわかりますがね、しかし、こんな時、もっと他に言うべきことがあるんじゃないですか、先生！」

「まあまあ、落ち着けよ」

「こちらも場所が額だからと思って、できるだけ細かく、丹念に形成縫合しましたからね、ええ、傷痕が少しは残るでしょうけど、そんなに目立たないとは思いますよって言ったんですよ、そしたら……」

「そしたら？」

「いやあ、それぐらいの軽い傷で済んでよかった、よかったって……殴りつけてやろうかと思いましたよ、ほんとに」

研修医はコーヒーカップを口に運びながら、眉をつり上げた。

「これぐらいの軽症でよかったっていうのは、医者のせりふじゃないですか!」

両親のその言葉で、整形外科医も切れてしまったらしい。いいですか、あんたたちの息子は、暴走行為をしていたんですよ、実際、後ろに乗っていた友人だって救急車で運ばれているんだ、一歩間違えば、その友人だってあの世に行っちゃってたかもしれないし、何の関係もない歩行者をはね飛ばして死なせていたかもしれないんですよ、わかりますか、人をひき殺していたかもしれないんですよ……

「うんうん、あいつだったら、それぐらいのことは言うだろうな」

その整形外科医の性格を思い浮かべながら、相槌を打つ。

「ええ、確かに私がびっくりするぐらいの勢いでした」

「で、親たちは、どうした？」

「はあ、何て言えばいいのか……要するにどうもしないんですよ」

「え？」

「医者がそんなことを大声で喚《わめ》けば、ご迷惑をおかけして申し訳ありません、なんて言って恐縮するだろうと期待するじゃないですか、普通は」

「そうだな」

「それがですね、両親そろって、先生、そりゃオーバーですよって……平気な顔してるんです」

「そ、そりゃ、あいつは怒っただろう」

「はい、すごい剣幕でした」

この救命センターには、あんたたちの息子のような連中に傷つけられた患者が、それこそ山ほど担ぎ込まれてくるんだ、わからないんですか、そんな理不尽なことで命を落とさなければならなかった人間の気持ちが、あんたたちにわからないんですか……

「さすがに、親たちも気圧《けお》されたのか、黙っちゃいましたが、表情は憮然としたままだったですよ」

「やれやれ、その手の親が多くてね、最近は」

救命センター暮らしが長くなってしまうと、世間には、自分たちの子供がいったいどんな生活をしているのか、しっかりと把握している親などというものが存在しないのではないか、という思いにとらわれてしまう。よしんば、そうした親たちがいたとしても、彼らが子供の行動の善悪を真っ当に判断し、それに意見ができるとは到底思えない、なんぞとうそぶくと、どこからかお叱りを受けるかもしれない。

「でも、ほんと、そうですよ、先生」

睡眠不足の研修医がうなずく。

「親も子も、少しは、痛い目にあった方がいいんです」

「これぐらいのケガじゃ、ダメかい」

「ダメですね、子供も親の方も、ありゃ、全然こたえてませんから」

若い医者は手厳しい。

「確かにおまえさんの言うとおり、一度痛い目にあって、懲りてくれりゃあそれに越したことはないんだが、だけど、取り返しのつかないところまでいってしまってからではなあ……」

ふうっと一息つき、研修医が怒らした肩の力を抜いた。

「そうなんですよ、交通事故って紙一重ですからね、昨夜の二件目なんか見ると、ほんと、そう思います、先生」

コーヒーカップを飲み干しながら、研修医が話を続けた。

＊

その夜、東京消防庁から二件目の要請があったのは、大バカ野郎の親に、ひとしきり説教を垂れて、医局に戻った途端だった。

「今度は何だ？」

受話器を受け取った当直医の頭には、まだ血がのぼっている。

「はい、湾岸高速での交通事故……」

「交通事故だ？　また若い連中の暴走か、もう勘弁してくれよ！」

「い、いや、今度は、そういうのとは違うんですが……」

電話の向こうの司令官も、当直医の語気の荒さに一瞬たじろぐ。工事渋滞で停車しようとしていた大型トラックに、乗用車が追突したらしい。

「乗用車の男性二人が傷病者です」

「二人？」

「はあ、一人はまだ、ダッシュボードに下半身を挟まれているようで、もう一人の方を先にお願いしたいんですが……」

「状態は？」

「はい、意識もあり、脈も触れているとのことです、救急隊からは、内臓損傷の疑いありと入ってきています」

「そうか、で、その挟まれているっていう方は？」

「はあ、まだ、バイタルが取れていないんで何とも言えないんですが……」

「わかった、じゃ、とにかく、その一人目を早いところ連れてきてくれ」

——ええ、その時は我々も、まあ一人目は、大したことはないんだろうと思っていたんですが……

「お願いしまあす！」

「お、おいおい、話が違うじゃねえか」

「いえ、ほんのついさっきなんですよ、先生、脈が触れなくなったのは……」

救急車の後部扉が開いて降ろされてきた患者には、救急隊員の手で人工呼吸と心臓マッサージが施されていた。

「とにかく移すぞ！」

研修医たちの手で救急隊のストレッチャーから処置台の上に移された患者は、裁ち鋏《ばさみ》でその衣服を切り刻まれて、忽《たちま》ちのうちに素っ裸にされた。戦闘開始である。

「心臓マッサージを続けろ！」

「心電図モニターして！」

「気管挿管！」

「輸血用の点滴ラインだ！」

指揮を執る当直医が、矢継ぎ早に指示を出す。それに応えて、若い医者や看護婦が走り回る。

「外出血は？」

「ありません」

「四肢は？」

「変形は無し、骨盤も大丈夫です」

「頭は？」

「傷はありません、耳出血もなし」

「瞳孔は？」

「やや開いています、対光反射もはっきりしません」

当直医が救急隊の方を振り返った。

「現場じゃ、脈も意識もあるっていう、そういう話じゃなかったっけ」

「そ、そうなんです、現場では、ウンウン唸り声をあげていたんです、救急車の中でも、頸動脈が触れていましたから……ほんとに、ついさっきなんですよ、心停止しちゃったのは……」

額からの汗を拭いながら、救急隊長が状況を説明する。

「確か乗用車だったよな」

「はあ、大型トラックの下にめり込んでいました」

「車外に放り出されていたのかい？」

「いえ、この患者さんは、助手席側にいました」

「シートベルトは？」

「していなかったようですが……」

指揮官は腕組みをして戦況を見つめる。

「胸はどうだ？」

患者に覆い被さるようにして心臓マッサージをしていた研修医が一瞬手を止め、患者の両腋のあたりを抱え込んだ。

「うへ、先生、左の肋骨が相当いってますよ、胸郭がグズグズですね」

と、突然、当直医が声を上げた。

「開胸だ、開胸するぞ！」

指揮官の一声で、一瞬、処置室に緊張が走った。天井から吊り下げられている無影灯のスイッチが入れられ、皮膚消毒のために茶色の薬液を塗られた患者の左胸が、その煌々《こうこう》とした光の中に浮かび上がる。

「開けるぞ！」

メスを握った指揮官の右手が、患者の左乳首の下を、前から後ろに、大きく弧を描いた。

通常の開胸手術なら、切った皮膚から血液が迸《ほとばし》る。まずはそれを止血することから手術が始まるのだが、心臓が停止しているこの患者に、止血操作は要らない。皮下組織も切り裂き、目標の肋骨を露出させる。そして、五番目と六番目の肋骨の間のいわゆる肋間筋まで一気に突き破り、胸腔内に達する。

その瞬間、真っ赤な血液が、大量に噴き出てきた。若い研修医たちが、思わず後ずさる。

指揮官は、両手にはめたゴム手袋が、流れ出てくる血液で真っ赤に染まるのをものともせず、さらにハサミで肋間筋を切り開いていく。

「開胸器！」

ノギスの親玉のような形をした開胸器のその嘴《くちばし》を肋間に差し込み、ハンドルでギアをまわし、肋間を開いていく。人工呼吸によって、風船のように膨らんだ左肺が、血液と一緒に肋間から飛び出してくる。

「吸引だ！」

若い医者に流れ出てくる血液を吸わせながら、指揮官はその右手を肋間に滑り込ませていった。膨らんだ左肺を巧みによけながら、その右手が胸腔内を弄《まさぐ》る。

「うーん、心嚢《しんのう》は破れてないな、心臓は大丈夫ってことか……」

吸引器で吸いきれない血液が、指揮官の足下に滴り落ちていく。処置室の床は、みるみるうちに、真っ赤に染まっていった。

救命救急センターなどの外来処置室で、開胸すなわち胸腔を大きく開放するという処置の行われることがある。

一つは、開胸心臓マッサージのためである。開胸心臓マッサージとは、止まってしまった患者の心臓を直接手で摑み、マッサージを行って、なんとか元どおりに動かそうというものである。心臓は、心嚢という袋の中にあり、そのため直接心臓を摑むには、心嚢を破らなければならない。そして心嚢は左の胸腔の中にあるので、心臓に到達するためには、左開胸でアプローチするのが最も簡単なのである。

もう一つは、胸部外傷に対する緊急処置として行われるものである。例えば、胸部を激しく打撲した時に、心臓破裂や肺破裂などといったことをおこしている場合がある。

万一そのような外傷を負っていると、幸いにして、患者が生きて救命センターに担ぎ込まれてきたような時に、患者を処置台に移してものの数分も経たぬうちに、それこそ、あれよあれよという間に血圧が下がり、心臓が止まってしまうというようなことがしばしば起こるのである。そんな時、レントゲンを撮って診断が確定してからとか、手術室の準備が整ってからなんぞと、悠長なことをやっている暇はない。患者の受傷機転や全身状態から、そうした最悪のことを疑い、間に合わないと思えば、指揮官は、処置室での開胸を、間髪を容れずに決断しなければならないのだ。上手くいけば、心臓の穴を指でふさいだり、肺の裂け目を鉗子《かんし》でつまみ上げたりすることで、出血をコントロールすることができ、止まった心臓を再び動かすことに成功したり、救命できたりするケースが実際に存在するのである。

その日の当直医も、担ぎ込まれてきた患者の状態から、心臓破裂もしくは左肺の破裂を強く疑ったのである。

「先生、肺はどうでしょうか」

右手で開胸心臓マッサージを続けている指揮官に、若い医者が尋ねた。

「……違うな、肺じゃねえな」

「じゃあ、いったいどこから出血してるんですか!?」

マッサージを続ける指揮官の右手の脇から、止めどもなく真っ赤な血液が流れ出てくる。

マッサージを中断し、当直医が再び胸腔内を検索する。

前縦隔もよし、左肺門も問題なし……とすると……

「これだ！」

指揮官の声に、若い医者たちが胸腔内をのぞき込んだ。

「先生、ど、何処なんですか？」

研修医や看護婦たちが、指揮官の顔を見つめる。

「大動脈だ、下行大動脈が断裂してんだ、完全に泣き別れだよ」

心臓から出た大動脈は、はじめ頭の方に向かい、首の付け根あたりで反転する。そしてその後は背骨に沿って下降していく。その下降が始まるあたり、つまり、下行大動脈の起始部が大動脈損傷の好発部位とされる。追突事故のような外力に対しては、背骨に固定されている下行部分と可動性のある反転部分とのつなぎ目が、もっとも脆《もろ》い所と言われているのだ。

「事故直後は、それでも薄皮一枚で、まだ繋がっていたんだろうな、それで即死を免れたんだろうが……」

病院に到着した時には、すでに、体中の血液が胸腔内にあふれ出てしまっていたに違いない。それ故の心肺停止だとすれば、残念ながら、処置室での緊急開胸も間に合わない。

血みどろの手袋を脱ぎながら、指揮官は壁の時計を見上げた。

「えーと、死亡時刻は……」

と、その時、消防庁からのホットラインが、再び鳴った。

「先生、さっきのドライバーが救出できたんですが、そちらに運んでよろしいでしょうか」

「なんだ、こっちの声が聞こえたのか」

「は？」

「いや、なに、先に運ばれた方が、今ちょうど決着ついたところだったもんだから……」

「えっ？」

傷病者の、事故現場での状況しか知らされていない司令官にとっては、やはり意外な結果であったようだ。

「開胸までしたんだけどね、大動脈がぶっちぎれてたよ」

「そ、そうなんですか……」

「まあ、こっちはしょうがないが、で、そっちの具合は？」

「あ、はい、下半身を挟まれていまして、救出に大分時間がかかってしまったんですが、なんとかバイタルは落ち着いているようです」

「損傷は？」

「はあ、頭部をかなり強く打撲しているようなんですが」

「意識は？」

「現場の隊からは二桁ということで入ってきています」

「二桁か……で、他の部位の損傷は？」

「はい、挟まれていた左下腿が大きく変形しており、骨折が疑われるとのことです」

「開放か？」

「いえ、閉鎖骨折のようです」

「わかった、いいよ、直ぐ連れてきてくれ」

「わかりました、二十分ほどで参ります」

今度は、頭がメインか……と独り言《ご》ちながら、指揮官はホットラインの受話器を置いた。

その後ろでは、死亡宣告された患者の処置が、すでに始まっている。なんとか命を取り留めようと行われていた、先ほどまでのそれとは違い、霊安室へ送るためのものである。気管や血管、膀胱などの中に入れられていた幾本もの管を、研修医たちが無造作に引き抜きにかかっている。そして、その左の胸からあふれ出し、患者の下に敷かれた白いシーツに、ベットリとへばりついてしまった真っ赤な血糊も、看護婦たちの手で、拭い取られていく。

その処置の合間に、若い医者たちが、患者の胸腔の中をのぞき込んでいる。

――なるほどなるほど、ここが大動脈の断裂部分か

――へえ、こりゃあ見事だ

――しかし、こんな傷で、よくさっきまでもってたよね

通常の救急業務では滅多に目にすることのできない胸の中を、患者を搬送してきた救急隊員たちも、おっかなびっくり、横目で眺めている。

「おまえさんたち、それぐらいにして、胸の傷を縫い合わせてやってくれ、すぐに二人目が来るから……」

指揮官は、カルテを整理するために、血腥《ちなまぐ》さの漂う死体に背を向けた。

＊

「なんだ、疲れる話って、開胸心臓マッサージをやったってことなのかい」

コーヒーをすすりながら、当直明けの研修医に声をかける。

「ま、初めて見る人間にとっては、開胸心臓マッサージっていうのは、確かに、少々ショッキングな光景ではあるけどな……」

「違いますよ、先生」

「そうじゃない？」

「もちろん、私も初めてでしたから、最初はドキドキしちゃいましたけど、そんなことじゃ疲れませんよ」

口を尖らせながら、研修医は話を先に進めた。

＊

「ところで、隊長さん、この患者の身元はわかってるのかい？」

「いやあ、まだ……」

開胸の創《きず》を縫合している若い医者の、手の動きを熱心に見ていた救急隊長が、突然声をかけられて、びっくりしたように振り向いた。

「そうか、そりゃ困ったな」

床に飛び散った血糊を見下ろしながら、指揮官は腕を組んだ。

「何か……」

「いや、今度来る患者が、意識レベルが二桁だっていうから、その辺の所を聞き出すのは、難しいだろうなと思ってね」

カルテをのぞき込みながら、当直医が答えた。

「先生、患者さんの持ち物の中にも、やっぱり、身元が判るようなものは見あたりませんね」

切り刻まれ、血塗《ちまみ》れになった患者の衣服を整理していた看護婦が、指揮官に報告する。

「ま、現場には警察もおりましたし、車を調べれば判るでしょう」

救急隊長は、身元については、あまり意に介さないというような口調で応えた。

「それより、意識レベルが二桁ですか、それじゃあ、我々が現場にいたときよりも、そのドライバー、意識が良くなってきてますよ、きっと」

「そうかい？」

「はあ、だって、意識三〇〇だと思ってましたから……」

脳卒中を起こした時や頭部外傷を負った際に、患者の意識状態の良し悪しを客観的に評価する必要がある。まず、意識がはっきりしているのか、それとも何か問題があるのかということが区別される。もし、意識の状態に問題があると認められた場合、その障害の程度を、大きく三つの段階に分類する。

第一段階は、一人で放っておいても目が醒めているような状態、第二段階は、抓《つね》るなどといったことで痛みを与えると目が醒めるが、放っておくと眠り込んでしまうような状態、そして第三段階が、抓ろうがひっぱたこうが、目の醒めないような状態である。

さらに各段階は、それぞれまた、三つに分類される。すなわち、問題のない場合を含めて、意識状態は、合わせて十段階に分類されることになるのであるが、第一段階は一桁の数字で、第二段階は二桁の数字で、そして第三段階は三桁の数字で表現される。つまり、第一段階は一、二、三、第二段階は、一〇、二〇、三〇、そして第三段階は一〇〇、二〇〇、三〇〇となる。ちなみに、意識に問題のない清明な状態は、〇（ゼロ）と表現される。

例えば、意識レベルが一だといえば、だいたい意識が清明だと見受けられるのだけれど、今ひとつはっきりとしない、何となくボーッとしている、というような状態である。それが二だといえば、確かに目は醒めているのだが、自分が今どこにいるのか、あるいは自分が誰なのか、正しく認識できていないような状態を指す。昭和一桁生まれの人に、何年の生まれですかと尋ねた時に、平成三年などという答が返ってくるような場合や、入院中の患者に、ここは何処ですか、と聞くと、デパートに決まってるじゃないか、なんぞというとんちんかんな返事が戻ってくるような場合である。

また、意識が一〇〇だというのは、例えば患者の右手を思い切り抓り上げると、目は開かないが、顔をしかめながら、抓っているこちらの手を払いのけようとする動きが見られる、というようなレベルである。そして、三〇〇というのは、抓ろうがビンタを食らわせようが、ウンでもなけりゃスンでもない、まさしく『深昏睡』と呼ばれるような、最悪の意識状態を意味するのである。

「そうか、現場ではそんなにひどかったのか」

救急隊長によれば、現場での意識レベルについて言えば、目の前で今、死亡を確認されたこの患者の方が、よほどよかったということであった。

「だとすると、現場での意識レベルなんていうのは、あまり当てにならないってことだな」

指揮官の指摘に、なるほど、と研修医たちがうなずいた。

「ま、しかし、ほんとは、意識レベルがアップしないままの方が、いいんだろうな、きっと……」

「えっ？　ど、どうしてなんですか」

開胸創をようやく縫合し終えた若い医者が、怪訝そうに顔を上げた。

と、その時、点滅する赤色燈が、処置室の窓ガラスを赤々と照らし出した。

＊

「さっきの朝の申し送りだと、その二人目の患者さんの方は、救急外来に着いた時には、意識レベルがかなりアップしていて、ほとんど一桁になっていたっていう話じゃなかったっけ」

「そうなんですが、そこからが大変だったんですよ、先生」

新しく注いだコーヒーをすすりながら、研修医が続けた。

＊

「もしもし、名前は？　名前は何ていうの、教えて！」

患者の枕元に立った研修医が、平手でバンバンと患者の胸板をはたきながら、その耳元で問いかけを繰り返す。

「しょ、正次……」

「何だって？　もう一度、言って！」

「しょう、正次、正次……」

「正次さん？　正次さんていうのかい？　苗字は？　苗字は何ていうの、ね、教えてよ、ね！」

様子を見ていた指揮官が、今し方、着いたばかりの救急隊長の方に向き直った。

「どれ、隊長さん、身元は判ってるのかい、こっちのドライバーの方は」

「はい、菊池健一さん、四十五歳です」

「健一？　確かかい」

「ええ、運転免許証で確認しましたので、間違いありません」

「じゃ、正次っていうのは……」

「はあ、どうやら、弟さんの名前のようですね、助手席に乗っていたんです」

「な、なんだって！」

それまでの喧噪が嘘のように、一瞬、処置室が凍りついた。

「救出作業中に、警察が車内を調べていましたから、間違いないと思います」

救急隊長がメモを見ながら言い足した。

「しょ、正次、正次……」

まるでうなされているかのように、しかし、ストレッチャーに乗せられた患者は、その弟の名前を言い続けた。

「ね、あなた、健一さんでしょ、健一さんじゃないんですか」

気を取り直した研修医が何度問いかけても、患者は、天井の一点を凝視したまま、やっぱり、同じ名前を繰り返している。

「現場では意識三〇〇だったって聞いたけど……」

「ええ、そうなんですが、事故車両から救出された時には、手足もよく動かしていましたし、救急車に収容してからは、言葉も出るようになったんです」

救急隊長が続けた。

「しかし、何を聞いても、正次、正次というだけで……」

「やっぱ、意識障害ですかね、先生」

研修医たちが、どうしたものかといった表情で、指揮官の顔を見上げた。研修医たちの質問には応えず、指揮官は手短に全身の所見をとった。そして、そのバイタルサインが安定していることを確認すると、一つ大きく息を吸い込んだ。

「損傷は下腿の骨折だけだな……よし、挿管だ！」

枕元に立っている若い医者に、気管挿管の指示が飛ぶ。

「え？　意識も呼吸状態も、それほど悪くはないですが……」

通常、気管挿管が行われるのは、手術室で全身麻酔をかけたり、集中治療室で人工呼吸器を装着したりする時である。あるいは、意識障害の度合いが強くて、ちょうど、いびきをかいているような呼吸状態になった時などに行われる。

「わかってるよ、しかし、どっちにしてもこの脚は、オペになる」

だったら、手術室で挿管すればいいんじゃないですかと言いたげな研修医に、指揮官が続ける。

「いいから、早く寝かせろ！」

そう言いながら、指揮官は顎をしゃくってみせた。しゃくった先は、救急処置室の一方の壁際である。そこには、淡いグリーンのカーテンが天井から床上一メートルほどの所まで垂れ下がっており、その一角を隠している。

先ほどの開胸処置の時に飛び散ったのだろうか、赤い血糊がカーテンの生地の上に幾つもの斑点となり、そのグリーンとコントラストをなして、遠目にもはっきり、それと判る。そのカーテンの下からは、やはり血飛沫の痕が残るストレッチャーの車輪が見えている。霊安室からの迎えが手間取っているのであろう、先ほど死亡宣告されたばかりの患者の遺体が、まだそこに横たわっているのである。ストレッチャーをすっかり隠すほどの幅がないカーテンの端からは、その遺体の膝から下の部分がはみ出してしまっているのだ。

「菊池さん、菊池さん、いいですか、これから左脚の手術に備えて全身麻酔をかけますからね、眠くなりますから、そのまま眠っちゃって下さい、いいですね」

若い医者が、患者の口元に酸素マスクをかざした。それでもまだ、正次、正次とつぶやき続ける患者に、その右手に入れられた点滴の管から、睡眠導入薬が注入された。

それまで、かっと見開かれていた患者の眼瞼《まぶた》は、やがてゆっくりと閉じられていった。

＊

「結局のところ、カンファレンスで報告したとおり、明らかな損傷は左下腿の骨折だけだったんですが……」

二杯目のコーヒーを飲み干しながら、研修医はため息をついた。

「それじゃあ、頭の方は大丈夫だったわけだな？」

「はあ、確かに頭頂部の皮下に大きな血腫があって、頭部の打撲があったのは間違いないんですが、レントゲン上、頭蓋骨の骨折もありませんでしたし、ＣＴでも、頭蓋内血腫や脳挫傷などの所見は認められませんでしたから」

「なるほど」

「念のために、左脚の手術の後、明け方にもう一度、頭のＣＴ検査をやったんですが、特に変化はありませんでした」

「とすると、単なる脳震盪《のうしんとう》っていうことになるかな、現場での意識障害は」

「そういうことになりますか……」

「そうか、ま、そりゃ不幸中の幸いだったな」

まあ、良かったんじゃないのかというベテランの表情を見咎めるように、研修医が続けた。

「だけど先生、ほんとは、意識三〇のままの方が、こちらとしてはありがたかったんですよ」

「ん？」

「だって、助手席にいた実の弟がすでに死んでしまっていることや、ましてその遺体が、自分のすぐそばに横たわってるなんてことを、気取《けど》られるわけにはいきませんからね、これが」

「そうね、そりゃ、大変だったな、ご苦労さ……」

「それだけじゃなくて、先生、まだ後があるんですよ」

ベテランの労いの言葉を遮るように、研修医は話を続けた。

「いえね、実は、その患者の奥さんなんですよ……」

警察から連絡を受け、取るものもとりあえず病院に駆けつけた患者の妻に会えたのは、左脚の手術が終わってからであった。

研修医によれば、妻は、夫の病状を聞くよりも先に、その生い立ちを話し出したというのである。両親を早くに亡くした三つ違いの兄と弟は、二人きりの兄弟で、四十代になる今日まで、頼るべき親戚もないままに、二人で助け合って生き抜いてきたのだと妻は語った。

「二年ほど前に、やっと自分たちの会社を興《おこ》したんです」

小さな電気工事の会社が、ようやく軌道に乗りかかってきた、そんな矢先に起きてしまった事故だというのである。警察は、ノーブレーキで突っ込んだことから、どうやら居眠り運転がその原因であろうと考えているということであった。仕事場からの帰り道での事故なんです、夜半までの現場作業で、うちの人、きっと疲れていたのに間違いありませんと、妻は顔を曇らせた。

「ところで、弟さんの方も所帯を持ってらっしゃるんですか」

「は、はい、うちと同じように、まだ小学生の子供が二人おります」

おそらく霊安室に直行したのだろう、死んでしまった弟の家族は、救命センターには、誰も姿を見せなかった。

ええ、そうなんです、兄弟はそれぞれに家庭を持っていたんですが、それこそ寄り添うように生きてきたんですと、患者の妻は、ハンカチを握りしめた手で額を覆いながら、絞り出すように言った。主人は……主人は、ほんとに弟のことをかわいがっていました、家族ぐるみのつきあいで、子供たちもほんとに仲が良かったんです……それが、なんでこんなことになってしまったのか……

「そりゃまた、えらく気の重くなるような話だな」

「そうなんですよ、先生、普通だったら、まず病状を説明して、これぐらいのケガでほんとにラッキーでしたね、なんて話すところなんですが……」

軽症で生き残ることのできた、まさしく九死に一生を得た夫の幸運を喜ぶには、あまりにもその代償が大きいのか、妻の表情はやり切れなさに充ちていた。何て、何て言えばいいんでしょうか、先生、うちの人に、いったいどう言えばいいんでしょうか……こんなことなら、いっそのこと、意識が戻らないままいてくれればよいのに……

「それこそ、奥さん、まるで夫が死亡宣告でもされたかのような、取り乱し方だったんですよ、これが、先生」

＊

「なんだ、もうそんな元気があるのか、そりゃ結構だな」

広げていたマンガを取り上げられた患者は、仏頂面を向けた。

「誰が持ってきたんだ」

「母親が朝の面会に来たんですが、その時でしょう」

よくまあ、こんな時にマンガなんかが読めるもんだわね、と受け持ちの看護婦も呆れ顔である。

「なんちゅう親だろうね、まったく！」

当直明けの整形外科医は、明け方の手術の疲れもあってか、相当に機嫌が悪い。

救命救急センターの、いつもの朝の回診が始まった。その日勤務の医者が、昨夜の当直医と共に、入院患者を診て回るのである。当然ながら、新患がその中心となる。

「君かい？　夜中に入ったっていうのは、何年生？　高校二年生、十七歳かあ、若いなあ、先生の三分の一だぜ」

ベテランの方は、研修医がしゃべる傷の具合の簡単なプレゼンテーションに耳を傾けながら、患者に声をかける。

「どれ、何処か痛いところはある？」

「……別に」

「そうか、じゃあ、額のガーゼを交換するよ」

「い、痛《いて》えよお」

「痛かったか、ごめんごめん、だけど絆創膏を剝がしただけだぜ、ちょっとは我慢しろよな」

丹念に縫合された額の傷からは、まだうっすらと血がにじみ出てくる。

「ほー、きれいに縫えてるな、こりゃ」

少ししみるぞ、と言いながら、ベテランは消毒のピンセットを動かす。

「で、君は、昨日の夜、何があったか覚えてる？」

「ああ、バイクで事故った」

「どんな事故？」

「……知らねえ」

めんどくさそうな答が返ってくる。

「そうか、だけど、これぐらいの傷で済んで良かったじゃないか」

「…………」

「君、知らないかもしれないけど、バイク事故で担ぎ込まれてくる人たち、ここじゃあいっぱい死んでるんだぜ」

患者は、表情一つ変えない。

「中には、せっかく命が助かっても、一生車椅子で生活しなきゃいけないとか、脚を落とさなきゃいけないっていう人もいるんだからなあ、知ってる?」

そんなことは、自分とは何の関係もないよとばかりに、患者はあらぬ方を向いている。

「ところで、君が運転してたのかい」

「……たぶん」

「友達と一緒だったんだろ?」

「ああ」

「その友達、どうした?」

「さあ、わかんねえ……」

「ひょっとすると、死んじゃったかもしれないな」

「そ、そんなことはねえよ!」

医者の挑発に、声を荒らげる。

「どうして判るの?」

「…………」

「いいかい、もし相棒があの世に行っちゃってたりしたら、君は、刑務所行きなんだぜ、これからの君の人生、全部パーだよ、わかってる?」

ベテランの言葉に、しかし、患者は背を向けて、何も応えない。

「ほんとに、最近の若いヤツは……」

「まあ、まあ、こんなもんなんだろうさ」

目のつり上がってしまった整形外科医をなだめながら、ベテランは経過表に目を落とした。

「で、どうするんだ」

「そうですね、もう一度、フォローアップのCT検査をやって、特に異常なければ、今日の夕方にでも、家に帰します」

「そうだな、その方が、おまえさんの精神衛生上もいいかもしれないな」

医者たちの話が聞こえたのか聞こえないのか、こちとらの精神衛生には漫画本が一番だぜとでも言いたげに、回診の終わった高校生は、毛布をすっぽりとかぶって、医者たちの視線から逃れた。ここでこれ以上話しても、聞く耳持っちゃいないことを知っているベテランは、まあ、好きにするさ、といった顔で、くるりと踵《きびす》を返す。

「さあて、それより、問題はこっちの方だな」

明け方に左脚の手術の行われた患者が、高校生の隣のベッドに横たわっている。その胸のあたりの薄い毛布が、人工呼吸によって、規則正しく上下に動いている。

「傷としては大したことはなかったみたいだね」

「はい、申し送りでお話ししたとおり、左下腿のプレーティングだけで終わっています」

受け持ちの研修医が、術後のレントゲン写真を天井の蛍光灯にかざして見せた。ちょうど、レールのつなぎ目が、短い鉄板を当てられてネジで繋ぎ留められているように、脛骨の骨折の部位をまたいで頑丈な金属のプレートが添えられ、幾本かのネジで骨に固定されている。

「きれいに留まってるじゃないか」

「ええ、うまくいきました」

「脚以外は？」

「特に損傷はないと思います」

ベテランは、ちょっとごめんなさい、と声をかけながら、患者の毛布を剝いだ。そして両腕から肩へ、肩から胸、腹、骨盤へと触診を進める。患者は、しかし、体に触れられているのにも気がつかないのか、その顔は、眉をぴくりとも動かすことなく、まだ、深い眠りの中にあった。

「まさか、頭に何かできて、意識障害が遷延《せんえん》してるっていうんじゃねえよな」

「ま、それなら嬉しいんですが……」

整形外科医の言葉に、ベテランが思わず振り返った。

「嘘ですよ、先生、術後のCT検査でも問題ありませんでしたし、麻酔の切れが悪いだけだろうと思いますよ」

前夜の当直の疲れがこびりついている整形外科医は、苦笑いをしながら続けた。

「ま、しかし、ほんとは、このまま意識の戻らない方がいいのかもしれませんね」

「ん？」

ベテランが整形外科医の顔をのぞき込んだ。

「そりゃいったい、誰にとってなんだい？」

「はあ、助手席に乗っていたのが、なんといっても、実の弟ですからね……それに、患者さ毛布を元に戻しながらのベテランの一瞥《いちべつ》に、整形外科医の脇に立っていた研修医が頷いた。

「ああ、その話はさっき聞いたよ」

んの奥さんの方も、ですね」

「いろいろあったみたいだな」

「ええ……ま、それで、このまま意識が戻らない方が、患者さんたちにとっては幸せなのかなと……」

「そうじゃなくて、主治医にとっては、だろ？」

ベテランは、いたずらっぽい視線を整形外科医に向けた。

「どうなるかな、この先」

しばらく患者の表情を見つめていたベテランが、吹っ切るように歩き出した。

＊

菊池健一の、救命救急センターの集中治療室から一般病棟への転出は、手術後四日目に行われることとなった。

明日転出というその日、妻が主治医に呼ばれた。

「ご主人の様子、いかがですか」

「はい、おかげさまで、すっかり目が醒めたようで……」

「いつものご主人ですか？」

「ええ、ほとんど元どおりだと思います」

「そりゃあよかった、で、事故のことは？　ご主人、何かおっしゃってますか」

「はあ、それが、そのことだけは思い出せないらしく、なんでこの病院にいるのか、もひとつ合点がいってないような……」

「というと、弟さんのことも？」

「はい、何も覚えていないようで……」

「そうですか、で、奥さんは、どういう具合にお話しされているんですか、弟さんのことは」

「はい、やっぱり、怪我をして別の病院に運ばれたんだと……」

妻は、昨日、今日で、通夜と葬儀が終わったことはもちろん、弟が死亡してしまっていることは、夫にはなにも告げていないと主治医に話した。

「そうですか、やっぱり、かなり強く頭部を打《ぶ》ったんだと思いますね、ま、だいたいそういう時っていうのは、その前後の記憶が完全に抜け落ちるようですから」

「そ、そうなんですか……」

妻は、夫が入院したときと同様に、このまま夫の記憶が戻らない方が、有り難いというようなことを、主治医に訴えた。

「実は、そのことなんですが……」

「は？」

「明日、ご主人、集中治療室から一般病棟に出ていただくことになります」

「もういいんでしょうか」

「ええ、肉体的には、問題ありませんから」

「ああ、よかった！　ありがとうございます」

「ただし奥さん、ご主人に、明日本当のことをお話しします」

安堵の色を見せていた妻の顔が、一瞬にして曇った。

「一般病棟に行けば面会もほとんどフリーになりますし、新聞やテレビも自由に見ることができます、たとえ奥さんがどんなにがんばっても、ご主人が弟さんのことを知るのは、時間の問題なんですよ」

「………」

「ですから、そうなる前に、こちらからきちんとお話ししておく必要があります」

「で、でも、そんなことをしたら、うちの人、きっと……」

涙顔の妻が、主治医にくってかかる。

「奥さんだって、ご主人にいつかは本当のことを話さなければならないってこと、わかってますよね」

「わ、私には、とても……」

妻は、消え入りそうに背を丸めた。

＊

「先生、お願いです、退院させて下さい！」

「だから、まだ無理ですよ、菊池さん、その脚じゃあ」

「そこを、なんとか……」

「だって、その脚を手術してから、まだ一週間もたたないんですよ、抜糸だって済んでないじゃないですか！」

「脚なんて、この脚なんて、どうでもいいんです、先生！」

「何言ってんですか、いいわけないじゃないですか、いいですか、今、下手すると、その脚、使い物にならなくなっちゃうかもしれないんですよ」

「それでも構いません、先生、後生ですから！」

「少し落ち着いて下さい、いま退院して、いったいどうしようっていうんですか、菊池さん！」

「そ、それは……」

菊池健一が、突然、退院を言い出したのは、弟の死の告知を受けてから、三日ほど経ってからであった。

——えっ？　しょ、正次が、死んでしまっただって!?

——そ、それも、この俺が、この俺が運転していて、正次を死なせてしまったっていうのか！

——ま、まさか、そんな馬鹿なことが……

ぶるぶると震える両手で車椅子の肘掛けを摑み、それこそ病棟中に響き渡ろうかという咆《ほう》哮《こう》を、菊池健一はその喉の奥から絞り出した。それは、一時《いっとき》の後、妻と二人の嗚咽《おえつ》に変わっていった。

それからというもの、集中治療室で見せていた表情とはうって変わって、患者は回診の度に、眉間に皺《しわ》を寄せていた。看護婦の報告でも、妻と普通に会話してたかと思うと、突然、大声をあげて泣き出したり、あるいは、消灯後になると、ベッドの上に起きあがって、何か思いつめたような表情でじっとしているということであった。

「ですから、先生、退院させて下さい、お願いします！」

「いや、だから、それは……」

「先生、死んでるんです、私の弟が死んじゃってるんですよ！」

「だから？」

「だから、私だけが、病院でのうのうとしているわけにはいかないんです！」

「だけど、あなたは怪我をしてるんですから」

「だ、だって、私が、私が、弟を殺してしまったんですよ！」

「違います、あなたが殺した訳じゃないでしょ」

「いいえ、あの時、私が運転していたんです！」

「いいですか、ひょっとしたら、菊池さん、あなた、弟さんと逆になってたかもしれないんですよ、たまたまあなたが運転していただけのことなんですよ！」

「弟が死んで、私だけが、おめおめと生きているわけにはいかないんです！」

「何言ってんですか、あなたには奥さんも、お子さんもいらっしゃるんですよ」

「弟にも、弟にも妻や子供がいるんです！」

患者の言葉に、主治医が声を荒らげる回診が、何度か続いた。

＊

「そうか、おまえさんの言うとおり、あの患者、やっぱり、意識が戻らない方がよかったのかな」

「もう勘弁してくださいよ、先生」

手を焼いた整形外科医が、泣きを入れる。

「精神科に関わってもらってもいいが、まあ、今は、何言っても、聞く耳持たねえだろうからな」

ベテランは、腕組みをして、しばらくの間、天井を見上げた。

「仕方ないだろう、本人の望むようにするしか」

「よ、よろしいんですか、先生、まあ、脚が一本、使い物にならなくなるぐらいで済めばいいんですが、もし、万一のことがあれば……」

「ん？」

「自殺の可能性も……」

「確かに、なくはないと思うが、ま、それも彼の人生だよ」

「しかし……」

「その時はその時、この救命センターで、開胸だろうとなんだろうと、また何とかしてやるしかねえんだろう、きっと」

マスコミで、毎日のように、交通事故のことが報じられる。もちろんほとんどが、ベタ記事であり、「死亡」も、「意識不明の重体」も、「業務上過失致死」も、すべてが聞き飽きた陳腐な「日常」でしかない。

一つ一つの日常的な交通事故が、しかしながら、そう、ちょうど、大地震や理不尽なテロの犠牲者たちと同じように、非日常の固有の意味を持って確かに存在している修羅場、それが「救命救急センター」というところなのである。

暴走

「おい、おまえさん、来年は医者になってるつもりか!」

「はあ、まあ、そのつもりですけど……」

こんな下町の救命センターにも、医学部の学生が実習にやってくる。母校の医学部附属病院救急部の臨床実習である。六年生、すなわち半年もすれば医者のライセンスを取得し、実際に臨床に立っているであろう、医者に最も近い医学生たちが、一週間の泊まり込み実習にやってくるのだ。月曜日に大学でオリエンテーションを受けた学生が、二人一組となって、火曜日の朝から我が救命センターにやってくる。

「なんだと、それなら、その不愉快なピアスを取れ!」

「……今、ですか」

「当たり前だ、なに考えてんだ、最近の学生は!」

朝っぱらから、大きな声を張り上げなくてはならない。本郷あたりにある大学病院では見聞きすることのできない第一線の救急医療の現場を学生たちに経験させようと、こんな場末の救命センターでの実習が用意されているのだが、野戦病院のようなところにだって常識ってえものがある。

「まあまあ、先生、落ち着いて下さいよ」

「これが落ち着いてられるか！」

学生たちが席を外した隙に若い医者がなだめにかかる。

「先生、ま、ピアスぐらい、今の若い子だったらみんなしてますよ」

「なんだと、お前は見なかったのか、耳じゃねえんだ、あいつはな、鼻だぞ、鼻の真ん中にピアスしてるんだぞ！」

「ま、そりゃそうですが……」

「たとえ世間が許してもな、ここでの実習中は絶対に認めんぞ、俺は！」

「………」

「それに、あの頭はなんだ、茶髪じゃねえぞ、赤髪だ！」

何であんな奴が、まんまと六年生になれたのか、大学の教官連中はいったい何をやってるんだ……

「だから日本の医学教育はダメだと言われるんだ！」

「……お言葉ですが、先生、あの学生、先生の後輩ですよ」

「うるさい、後輩だなんて俺は認めんぞ、あんな奴、絶対に！」

時代が先に進んでいるのか、それとも、こちとらが時代から取り残されてしまっているのか、天下の最高学府の医学生が、こともあろうに実習先の病院に、赤髪、鼻ピアス姿で、しかも踵の高さが二十センチはあろうかというサンダル履きでのこのこやってくるとは……どうやらそんなご時世のようである。

＊　　＊　　＊

「先生、お世話になります、患者のお願いです」

いつものように、東京消防庁からのホットラインが鳴る。秋の夜長、土曜の当直の時ぐらい、ゆっくり本でも読ませてくれよ、なんぞというはかない望みは吹っ飛んでしまう。

「何の患者？」

「はい、詳細はまだ不明なんですが、バイク事故のようです」

「場所は？」

「江東区青海《あおみ》、湾岸の倉庫街ですね」

場所を聞いただけで、事故の内容の大方の察しがつこうというものだ。

「しょうがねえな、いいよ、連れといで」

「ありがとうございます、現場を出る時にもう一報いれます」

やれやれ、サタデーミッドナイトフィーバーというやつである。

「先生、何の患者ですか」

仮眠をとっていた若い研修医たちが、寝ぼけ眼で集まってくる。

「どこかの馬鹿野郎が、バイクで事故ったってよ」

「へ？　で、患者の状態はどうですか」

「詳しいことは、また連絡があるから、目を覚まして、準備しとけよ」

湾岸の倉庫街と言えば、バイクや車の暴走行為のメッカである。ローリング族だかドリフト族だか知らないが、何人もの若者がそこからこの救命センターに担ぎ込まれてくる。一週間の間に溜まったストレスを発散させたくなるのであろうか、土曜の夜から日曜の未明にかけて、そんな暴走行為による事故が多発する。

「先生、詳細がわかりました」

東京消防庁からの第二報がはいる。

「二人乗りバイクがガードレールに激突したようです、傷病者は二名、いずれも男性です、年齢は不明ですが、十代だということです」

「傷の具合は？」

「一人はCPA状態、もう一人の方も、意識三〇〇ですね」

「相当激しいな、そりゃ、で、意識三〇〇の方のバイタルは？」

「脈拍一二〇、血圧八〇です」

「四肢の損傷は？」

「右足が膝下でほとんどちぎれているようです」

「その他は？」

「現場の救急隊は内損の疑いありと言ってきていますが」

「わかった、急いでくれ」

「CPAの方はどうしましょうか、先生」

「そいつは無理だな、別あたってよ」

「わかりました、そちらは直近医療機関に向かいます」

傷の具合から、相当な事故であったことが想像される。おそらく、スピードを出しすぎたバイクがカーブを曲がりきれずに、反対車線のガードレールに激突、原型をとどめぬほどに大破し、二人はきっと大きく飛ばされて宙を舞い、そして地面にたたきつけられたのであろう。

CPAこれはCardio Pulmonary Arrestの略である。日本語では『心肺停止』と訳される。呼吸もなければ脈も触れない状態を意味する。外傷によりCPAとなるのは、一瞬の内に首の骨が折れてしまったか、心臓や肺が破裂してしまったか、あるいは大動脈などの大血管が裂けて大量の出血をきたしてしまったか、などの場合が考えられる。いずれにしても、救急隊が事故現場に到着した時に、すでに傷病者がCPA状態だとすれば、救命の可能性はまずない。外傷によるCPAの場合、例えば心筋梗塞やクモ膜下出血などの疾病によるCPAと違って、たとえ救命救急センターのようなところに担ぎ込んだとしても、一命をとりとめるなんぞということはほとんどと言っていいほど考えられない。

早い話が、傷病者はいわゆる即死なのであり、救急隊がその患者を医療機関に運んでいくのは、むしろ死亡確認のためなのである。もちろん、傷病者がCPA状態の患者一人だけというのであれば、奇蹟を頼んで救命救急センターに搬送し、できる限りのことを試みることも許されるのであろうが、複数の傷病者があり、対応できる救命救急センターの収容能力が限られているのであれば、いきおい助かる見込みの高い患者だけを搬送し、そうでないCPA状態の患者は近くの医療機関に搬送し、死亡が宣告されることとなる。薄情なようであるが、これが助かるべき患者を確実に助けることを目的とする『トリアージ』というものの考え方である。

その生きている方は、しかし、意識が三〇であり、しかも内損も疑われると報告されている。内損とは、内臓損傷を略した言い方である。腹部で言えば、例えば、肝臓破裂や脾臓《ひぞう》破裂、あるいは腸管破裂などが疑われるということである。また、胸部の場合では、肺に穴が開く気胸や、肺や胸壁からの出血による血胸の存在が考えられるというわけである。手足の骨折などと違って、こうした内臓の損傷は外から見ただけではその存在が簡単にはわからない。しかし、経験豊富な救急隊員ともなれば、事故の内容や傷病者の状態からその存在を疑ってかかれるようになる。優れた救急隊員は、複数の傷病者をトリアージし、その損傷内容までも的確に医療機関に報告できるのである。

「患者が着いたら、もたもたしないでやれよ、でないと持ってかれちまうぜ」

まだ眠たげにしている若い研修医たちに現場の救急隊員からの情報を告げ、彼らの尻をひっぱたきにかかる。どうやら、救急処置室は、修羅場になりそうな雲行きである。

「お願いします」

救急隊のストレッチャーで担ぎ込まれてきた患者は、派手な模様のトレーナーにGパンという姿であった。そのGパンは右膝のところで大きく裂けて、べっとりと血糊がついている。救急隊が応急的に施してきた白いサラシの止血帯が右膝のすぐ上に巻かれている。その止血帯のすぐ下から、折れた骨が飛び出している。そしてその先には、泥と血液にまみれたドス黒い肉の塊がある。

「じゃ、移すぞ！」

ストレッチャーから処置台に患者を移そうとその体を持ち上げた時、右足の肉の塊がブランと垂れ下がった。皮一枚でつながっているのだ。

「やだあ、勘弁してよ」

若い看護婦が目を背ける。

心電図をモニターしろ、血圧をはかれ、点滴を入れろ、気管挿管だ……処置室の中には、いつもと同じように大声が飛び交う。

「なんなんだよ、こいつの頭は」

頭部の傷を調べていた研修医がぼやいている。見事な茶髪である。見事ではあるのだが、その茶髪、やはりべっとりと血でまみれている。

「意識はどうだ」

若い医者が患者の頬をひっぱたきながら大声で呼びかける。

「わかるか、目を開けて！」

しかし、反応がない。

「意識レベルは、いいとこ、二〇〇ぐらいですかね」

「耳出血は？」

「えーと、右耳奥からの出血があります」

耳たぶに幾つもぶら下がった安物のピアスから、血が滴り落ちている。

「瞳孔は？」

「右三ミリ、左五ミリ、対光反射は両側ともはっきりしません！」

「こりゃ、相当ひどいぜ」

救急処置室全体が殺気だってくる。

「頭皮はどうだ？」

若い医者が、血にまみれた茶髪をかき分ける。

「右の側頭部がパッカリ割れてますね、ありゃ、頭蓋骨も触れますよ」

「骨折は？」

「ありそうですね」

「頭皮からの出血は？」

「何箇所か噴いてます」

「何でもいい、止血しろ！」

頭皮は血の巡りが非常によいところである。そこに傷がつくとあっという間に大量の出血になる。子供であれば、それだけで血圧が下がってしまうこともある。

「血圧六〇！」

右脚を処置しようとしていた医者が、モニターを見ながら叫ぶ。

「脚はどうだ」

「結構出てますね」

「わかった、大腿部分で緊縛しろ！」

「……脚は？」

「落とす！　この傷とバイタルじゃとてももつながらん！」

もちろん、長時間かけて手術をすれば皮一枚でぶら下がっている脚といえども、何とか修復ができるだろう。

しかし、たとえ無理をして脚を繋いだところで、これほどの挫滅《ざめつ》であれば、単に脚がついているというだけで、とても実用に耐えることにはならない。片脚がなくなるということは、患者にとっては確かに大きなハンディであるが、脚を残すことにこだわりすぎて、その結果、命を落としてしまえば何にもならない。とにもかくにも、いま考えなければならないことは「救命」ということなのだ。脚の一本や二本は、義足という代替物で何とでもなるが、生命には、しかし、それがない。患者の状態が危機的であればあるほど、すばやい決断が求められるのだ。

「先生、血圧が低い原因は脚だけじゃないですね」

脚の処置を終えた医者がモニターをにらみながら再び報告する。脚を緊縛したことで確かに血圧が上がったがまだ十分ではない。

「腹は？」

「膨隆もしてませんし、柔らかいですね、腹腔内出血はなさそうです」

「じゃ、胸だ！」

患者の胸部を両脇から圧迫してみると、右側の胸郭に、異常な動きがある。

「ありゃ、右の肋骨がグズグズだ、皮下気腫もあります」

「それだ、胸腔ドレーンをすぐに入れろ！」

大声で看護婦に指示が飛ぶ。

肋骨が折れているぐらいだったらいいのだが、その肋骨で守られている筈《はず》の肺が損傷を受けると重大なことになる。肺が裂けると、そこから大量の空気が漏れ出す。ちょうど風船と同じである。破れた風船よろしく、漏れ出た空気で肺が潰れてしまうのだ。外傷性気胸と呼ばれる状態である。

その肺からの空気の漏れが持続すると、緊張性気胸と呼ばれる状態となり、血圧を下げるだけではなく、短時間の内に心臓を止めてしまうことにもなる。胸腔ドレーンを入れるということは、胸郭内にたまって肺を圧迫している空気を体外に出すことを意味している。

患者の右の腋の下から、直径一センチほどの管が胸郭内に入れられた。その瞬間、管からシューッという音とともに空気が抜け出てくる。

「どうだ、血圧は?」

「ええ、上がりましたね、胸郭の動きもよくなりましたよ」

全員の眼がモニターに集まる。どうやら間に合ったようだ。

「輸血だ、血液を急がせろ!」

緊張性気胸が解除したからといって、しかし、ほっとしているわけにはいかない、こうした外傷の患者は、刻一刻と病態が変化しているのだ。そして血圧が上がっても、半開きの患者の眼に生気は戻ってこない。

「頭だ、頭のCTに行くぞ!」

「タラタラやってると、助かるもんも助からねえぞ!」

処置室の中に、怒声が飛び交う。携帯用の人工呼吸器を装着され、何本もの点滴や輸血の管を入れられた患者は、血液にまみれた茶髪もそのままに、何人もの医者や看護婦に取り囲まれ、救急処置室からCT室に向かった。

誰もいなくなった処置室は、それまでの喧噪が嘘のようになる。部屋中に響いていた心電図モニターの電子音も消えた。血塗《ちまみ》れのガーゼやシーツが無雑作に重ねられ、慌ただしく開封された医療器材のパッケージの残骸が、いたるところに散乱している。まるで、竜巻かハリケーンが通り過ぎた後のような惨状である。消し忘れられた処置用の無影燈が、ストレッチャーが出て行った後の床を、煌々《こうこう》と照らしている。頭と脚から流れ出たのであろう、床にはドス黒い血が飛び散っている。無影燈の光があたっている部分だけは、しかし、その血液がキラキラと輝いている。

＊

「どんな事故だったの」

「二人乗りのバイクが、ガードレールにつっこんだようです」

「やっぱり、暴走行為かい？」

「ええ、大勢集まって、競いあってんですよ、あの辺りは」

遅れてやってきたパトカーの警察官は、いかにもうんざりという表情である。道の両側を見物人が鈴なりに埋めている中を、爆音を轟《とどろ》かせながら、これ見よがしに蛇行運転しているのだ。ちょっとしたハンドルミスが大事故につながる。彼らにとっては、それがまた、たまらないスリルだということなのであろう。

「相棒はどうなった」

「先ほど無線で確認したところ、やはり死亡ですね」

「そう……」

「こちらの方はどうでしょうか、先生」

「似たようなもんだな、もってかれるかもしれん、かなり厳しいよ」

「……そうですか」

「で、身元の方は？」

「ええ、それはわかりました、年齢が二人とも十四歳でして……」

「え？　いくつだって？」

「だから十四歳、中学三年生です」

「な、なんだって、中三だ!?」

「はあ……」

一瞬耳を疑う。

「中三って、バイクの免許が取れるんだっけ」

「もちろん無免許ですよ」

「なに、え、最近の中学生ってえのは、頭を染めて、ピアスを幾つもあけて、夜中に無免許バイクで暴走するのかい？」

「そんなもんですよ、先生、近ごろの若い連中ときたら」

目を白黒させている医者とは対照的に、警察官の方は、別に珍しくもないといった気配で淡々とメモをとっている。暴走行為を見物しながら、やんやの喝采を送っているのも、これまた中学生や高校生たちらしい。

「で、これから手術ですか、先生」

「そんなことより、家族には連絡がついているのかい」

「ええ、いま両親がこちらに向かっている筈です」

「よし、どんな顔してんだか見届けてやらねえと」

「は？」

「なあに、そんな中学生の親の顔が見てみたいってことだよ」

警察官と別れようとした時、背中から声がかかった。

「先生、電話、CT室から！」

警察官が足を止めて医者の顔をのぞき込む。

「どんな具合だ？」

「左の急性硬膜下血腫です、脳挫傷もひどいですね、このままオペ室に直行します」

「わかった」

警察官が再びメモを取り出す。

「どうなんでしょうか」

「ああ、これから開頭手術だよ」

「生命《いのち》は？」

「さあて、どうなるかな」

万が一の時は連絡下さい、と言って立ち去ろうとする警察官を、思い出したように後ろから呼び止める。

「そうそう、ひとつ聞き忘れてた」

「はあ、なんでしょうか」

「どっちが運転していたの、そのバイク、こっちかい、それとも、その死んじゃった方かい」

＊

「お父さんと、お母さん？」

「は、はい」

「じゃこちらに入って下さい、どうぞ、腰掛けて下さい」

四十代前半の、分別盛りといった夫婦がソファに腰をおろした。きちんとした身なりの、まっとうなという表現がいかにも似合いそうな父親は腕組みをし、少し猫背にうつむいている母親は、その膝の上で両手を握りしめている。

「どこから連絡が行きましたか」

「あ、あの、深川署から……」

消え入りそうな声で母親が応える。

「どんな内容でしたか」

「……息子が、交通事故にあったと……」

「息子さんに間違いないですか？」

「はあ、着ていた服と持ち物を確認しましたので……」

父親の方は、しかし、息子が事故にあったとはまだ信じられないといった顔つきで憮然としている。

「事故の内容はお聞きですか」

「いえ、詳しくはまだ……」

「バイクの暴走行為による自爆です」

「え？」

父親の表情が険しくなった。

「彼は、しょっちゅうそんなことをやってるんですか、お父さん」

「ま、まさか、そんなはずは……」

「ほんとですか、お父さん」

「おい、どうなんだ」

父親が隣に座った母親を問い詰める。うつむいたまま母親が、涙声で応える。

「だ、だいぶ以前からやってるらしいことは……」

「な、なんだと、お前は知ってたのか、どうしてやめさせなかったんだ」

「だ、だって、私のいうことなど、あの子は聞きませんもの」

「おまえがあいつを甘やかしてばかりいるから、こんなことになってしまうんだ」

「あなただって、あの子のことは、いつも放ったらかしじゃないですか！」

「な、なんだと」

目の前の医者をそっちのけで、夫婦の言い合いが始まる。患者を取り巻いていた家族の構図が、図らずも垣間見えてしまう。

「ねえ、お父さんとお母さん、そんなことを、今ここでいくら言っても、詮《せん》ないことなのでやめましょうよ、それより彼の状態です」

「は、はい、そうですね、どうなんでしょうか、俊之は」

まだ何かを言いたそうな父親の視線を無視して、母親が顔を上げる。

「俊之君というんですか、息子さんは」

「そうです」

「俊之君、今、手術をやっているところです」

「手術……」

「ええ、いいですか、俊之君がケガしているのは、大きく言って三箇所、頭と胸と右脚です」

ようやく父親も向き直った。

「胸に関しては、手術しないでもなんとかなるとは思いますが、問題は頭です」

ホワイトボードに絵を画きながら説明が進む。

「この部分の頭蓋骨が骨折してます」

「あ、頭の骨が……」

「ええ、強い力が頭部に加わったんでしょう、骨折だけならまだいいんですが、頭の中に大きな血の塊もできているんです、これを手術で、今、取りにいっています」

「……その血の塊が、脳味噌を圧迫しているということ、なんでしょうか」

「ええ、おっしゃる通りです」

「それじゃあ、その血の塊さえうまく取れれば……」

「残念ながら、ことはそう簡単ではありません、実は、脳味噌そのものの傷、脳挫傷と言うんですが、これが非常にひどいんです」

「……？」

「血の塊は手術で取ることはできるんですが、この脳挫傷の部分は、手術では手がつけられないんです」

ホワイトボードにさらに説明が加えられていく。

「この脳挫傷の部分、この部分の脳細胞は破壊されているんですが、それだけでは終わらず、ここが時間とともに腫れてくるんです、もちろん、さまざまな方法でその腫れをコントロールするんですが、うまくいかなければ、命をもってかれることになります、たとえ、運よく命が助かったとしても、腫れ方によっては意識が戻らず、いわゆる植物人間になってしまうことも考えられます」

夫婦は、まさかという顔で医者を見つめる。

「とにかく詳しい話は、手術が無事終わってからです、ただし最悪の場合として、術中死ということがありますから、覚悟はしておいて下さい、いいですね」

「そ、そんな……」

夫婦は、まだよくのみ込めないらしく、怪訝な顔つきをしている。

「それから、もう一つ、俊之君の右脚、膝の上で切断します」

「救急車で担ぎ込まれてきた時の俊之君の右脚なんですが、皮一枚でつながっているだけで、そこから下は原形をとどめていません」

「な、なんですって！」

父親が顔をしかめる。

「残念ですが、この脚を救うことはとても無理です、よろしいですね、了解して下さい」

かわいそうに……と、思わず母親がつぶやいた。何であんないい子が、こんなひどい目にあわなければならないのか、髪は染めてピアスなんぞはしていたが、きちんと学校にも出席して成績だって悪くはなかった、それに、いじめなんかにも関わってなかったはずなのに……

やれやれ、お決まりの、いつもながらの台詞《せりふ》、うちの子に限ってそんなことは……という幻想である。

「かわいそう？　いいですか、お母さん、俊之君と一緒にバイクに乗っていた相棒は即死しているんですよ」

＊

明け方の緊急手術からすでに二ケ月以上が経過し、暴走したあの中学三年生は、すでに集中治療室を出て、一般病棟に移っていた。

「こんちは」

「あ、先生、俊之、俊之、先生だよ、わかるかい、俊之」

「どうですか、具合は」

「ええ、なんとか眼は開けるようになったんですが、こちらの言ってることがわかっているとはとても……」

「そうですか、まあ、ここまでよくなったんです、焦らずにいきましょうや、お母さん」

手術の直後から脳の腫れ、すなわち頭蓋内圧のコントロールがままならず、一時は匙《さじ》を投げられてしまった俊之ではあるのだが、やはり十代の若さというのが幸いしたのであろう、何とかクリティカルな時期は乗り切ってくれた。落とした右脚の断端の傷も、いまではすっかり癒えている。

人工呼吸器からも離脱して、自力で呼吸ができるようにもなったのだが、意識は相変わらず戻らぬままである。意識が改善することは、それこそ、患者自身の若さだけに恃《たの》むしかないような状態であった。

見事な茶髪は開頭手術のために剃られてしまい、後から生えてきた黒い髪も、まだせいぜい五分刈り程度までにしか伸びていない。そんないがぐり頭は、いかにも古きよき時代の中学生といった風情である。

「あのう、先生、折り入って相談が……」

病室を出ようとした時に、席をはずしていた父親が戻ってきた。いかにも疲れたという顔つきの父親である。

「はい、なんでしょうか」

「あ、あのう、息子のけがのことなんですが……」

「……けがの具合から、俊之がバイクの後部座席に乗っていたということを証明することはできないでしょうか、先生」

「はあ？」

父親の話はこうであった。俊之はバイクなんぞ運転できないはずだ、きっと悪い仲間に誘われて後ろに乗っていただけなのだ、暴走行為だって好きでやってた訳じゃなく、むりやり引き込まれたに違いない、だとすると、俊之が右脚を失い、植物状態になってしまったのは、バイクを運転していた子の責任だから、その親に損害賠償を請求してやろうと思っている……

「……そうですか、で、警察は何と言ってるんですか」

「は、はい、警察の方でも目撃者をさんざん探したらしいんですが、確証がなくて、どちらが運転していたかは確定できないというんです」

「なるほど、で、相手の親は」

父親が拳を握りしめる。

「……俊之のせいで、大事な息子を殺されたと、何回も怒鳴り込んできて……」

そういえば、家族控え室で、どこかの家族が大きな声を張り上げて口論しているのを、婦長が何度か耳にしたということであったが、この父親たちなのだろう。その父親が思わず涙声になった。

「だ、だから、先生、その、何とか、俊之が後部座席にいたってことを証明できないかと思って……」

すがるような表情である。

「……さあて、実際に事故現場をこの目で見ているわけではないですしね、俊之君のけがの状態からだけでは何とも言えないと思いますよ、お父さん」

「……しかし」

「警察の捜査の方が間違いないと思いますがね」

「………………」

「だけどもし、後部座席に乗っていたということがはっきりとしたら、お父さん、どうするんですか」

「そ、それこそ、相手の家に怒鳴り込んでいってやろうかと……」

何を言い出すのかと思ったら、いったいこの親たちはなに考えてんだ！

一方がかけがえのない命を落とし、他方がその将来の可能性を喪失してしまうことになってしまったという暴走行為を起こしたのは、まぎれもない、自分たちの子供であるのだ。一歩間違えれば、逆の立場になっていた筈なのである。その相手を非難し合って、いったいどんな意味があるというのだろうか。ま、もちろん、そんな親たちだから、子供がこんな暴走をやらかしたとしても無理はあるまいと納得できるのではあるのだろうが……

「お父さんが俊之君を前にして考えられることって、そんなことぐらいしかないんですかね、ほんとに」

父親も母親もベッドの柵を握りしめたまま、おし黙って顔を上げようとはしない。ベッドに横たわっている患者の方はといえば、医者と両親との会話にもなんの反応も示さない。時折、手足をぴくつかせているだけである。

「おい、俊之、かわいそうだけど、おまえさんたちがバイクを暴走させることで伝えたかったことを、お父ちゃんたち、どうやら全然気づいていないみたいだぜ」

喉元まででかかったそんな言葉をのみ込んで、うつろな視線を宙に漂わせたままの患者の肩を二度、三度軽くたたきながら、じゃあ、またねと、ベッドサイドを後にする。

救命救急センターというところ、瀕死の息子の命を救うことはできても、残念ながら、その親子の関係までをも救済できるところでは決してないのである。

「で、先生、その医学生は、鼻のピアスをはずしたんですか」

「ああ、すぐにとっちゃったんだよ」

「素直でいいじゃないですか」

「なにがいいもんか！　人を馬鹿にしやがって」

「はあ？」

何故《なぜ》医者には鼻のピアスが許されないのか、何故鼻のピアスは不愉快なものと言えるのか、そんな議論をふっかけられることを半ば期待していたのに、残念ながら、何もなかったのである。

ピアスをすぐにはずしたのは、彼が別に素直だから、というわけではない。「あの先公、チョーむかつくぜ」と、学生たちの間でひとしきり言われて、それでおしまいになってしまう、それぐらいの根性しかないのだ。

やっぱり、近ごろの若い連中には、ついていけない。いやいや、そんな連中についていこうなんぞと思うもんかい！　主張のない鼻ピアスなんか、端《はな》っからつけてくるんじゃねえや、馬鹿野郎！

遷　延

「先生、お久しぶりです」

「あらまあ、ご無沙汰、どうしたんだい、今日は」

「はあ、ちょっと先生に、教えていただこうと思いまして」

昼下がり、医局で一服しているところに馴染みのルポライターから電話がかかってきた。

とはいえ、彼がこの下町の救命センターの取材に来たのは、もう七、八年近く前のことになる。あの時は、確か、「日本の救急医療体制の問題点を探る」とかいったルポを書くための取材ということであった。

「今度は、何だい？」

「ええ、実は、植物人間のことをお聞きしようと思って」

「植物人間？」

「ほら、救命センターには、植物人間と呼ばれるような患者さんがたくさんいらっしゃるってことだったですよね、先生」

「おいおい、誰がいったいそんなこと言ったんだよ」

「えっ？　違いましたっけ」

受話器の向こうで、怪訝そうな声が聞こえた。

植物人間というのは、正しくは遷延《せんえん》性意識障害と呼ばれる状態（植物状態）の患者のことである。手許にある教科書をめくると、植物状態の定義として、次のようなことが記されている。

一、自力で移動ができない
二、自力で摂食ができない
三、糞尿失禁状態にある
四、目は物を追うが、認識はできない
五、「手を握れ」「口を開け」などの簡単な命令には応ずることもあるが、それ以上の意思の疎通ができない
六、声は出すが、意味のある発語はできない

以上の六項目を満たす状態が、いかなる医療の努力によってもほとんど改善することなく、満三ケ月以上経過した場合

患者がここにあるような状態になってしまうのは、多くの場合、脳のなかで大脳皮質と呼ばれる部分の働きが廃絶してしまった時である。

そのような病態を引き起こす原因としては、脳出血や脳梗塞などの脳血管障害、頭部外傷、

あるいは首を吊ったとか餅をのどに詰まらせてしまったとかプールで溺れてしまったとかなどによって、脳が一時的な酸欠状態に陥ってしまったというようなことが挙げられる。こうした外傷や疾患は、救命救急センターではよく見られるものである。それはすなわち、植物状態の患者が、救命救急センターのような所で生み出される可能性が大きいことを意味している。

その定義にあるように、しかし、植物状態だとするためには、通常、数ケ月以上の経過を見る必要がある。ところが、多くの救命救急センターは、疾患の急性期、特に生命の危機に関わる段階の診療を担っており、あらたな救急患者を受け入れるベッドを確保するために、そうした急性期を脱した患者は、必然的に救命救急センターから、他の医療機関に移されることになる。事実、この下町の救命センターでも、その入院期間は、平均すると一週間ないし十日ぐらいである。ということは、いわゆる植物状態の患者が、救命救急センターに入院しているということ自体、まず考えにくい話だということなのである。

「あれ、おかしいなあ、確か、先生のところで、何人もの植物状態の患者さんを拝見したような記憶があったんですが……」

実は、この下町の救命センターには、後方病棟と呼ばれるセクションがある。後方とは、救命救急センターの後方ということを意味しており、急性期を脱した患者が、その後の治療を受けるために移される病棟である。

患者の側にしてみれば、最初から関わっている主治医が、同じ病院で最後まで診《み》てくれるという安心感があり、医者の側としても、急性期に自分たちが行った手術や処置がどういう結果になるのか、見届けることができて、最後まで責任を持つことができるというメリットがある。

こうしたシステムを持つ救命救急センターは全国的に見ても珍しく、我が救命センターの大きな特徴にもなっている。

「おまえさんに見せてやったのは、後方病棟の方だったと思うけど」

多くの患者は、この後方病棟でしばらく療養した後に軽快退院ということになるのだが、いくつかの病態では、入院が長引くことになる。

そのうちの一つは、四肢や骨盤の骨折である。こうした患者の入院が長引いてしまうのは、骨のつくのを待ってリハビリテーションを行うためである。しかし、骨折の場合、大半のケースが時間の経過とともに快方に向かい、やがては退院、家庭復帰ということができるのであり、入院が長引くといっても、ゴールが見えているという意味では、あまり支障はない。

問題となるのは、何とか命を取り留めたものの、脳に損傷を受け、意識障害が残っている患者たちである。骨折同様、ダメージを受けた脳の働きが回復してくるには、それなりの時間を費やすことが必要であり、そのために後方病棟が使われることになる。もちろん、そうした症例の中には、短時日のうちにメキメキと意識レベルがアップしてくるようなケースもあるのだが、しかし、先に話したような、大脳皮質に大きなダメージを受けてしまっている患者だと、たとえ時間をかけても、意識の回復の難しい場合がしばしば見られるのである。

いきおい、このような患者が何ケ月にもわたって後方病棟に入院し続けることとなり、件《くだん》の定義を満たす症例、すなわち植物人間と呼ばれるような患者が、いかにも大勢いるという印象を与えてしまうことになる。

「なるほど、なるほど、そうでしたか、もう何年も前のことなんで、すっかり、忘れちゃってましたよ」

「それで？　何が知りたいの、その植物人間の」

「はあ、確か、先生、植物人間の存在が、救急医療にとっては大きな問題だとおっしゃってたと思うんですが……」

植物状態の患者の存在が生み出す問題には、様々な側面がある。

なによりもまず、植物状態の定義にあったように、それがいかなる医療を施しても改善しない病態だということである。別の言い方をすると、こうした患者を治療するための方法、手段が見あたらないということなのだ。

もちろん、植物状態の患者には、いろいろな病変が起こる。もっとも頻繁に見られるのが、肺の中に溜まった痰を、自ら咳をして外に出すことができにくくなるために起こる肺炎である。また、尿が失禁状態となるために、通常は尿道カテーテルと呼ばれる管を膀胱の中まで挿入し、尿を採取する。その際に、カテーテルを通して細菌が体内に入り込んでしまい、膀胱炎や腎盂《じんう》腎炎などと呼ばれる尿路感染が引き起こされる。さらには、自ら寝返りを打ったりすることができないために、褥瘡《じょくそう》すなわち床ずれができやすい状態になる。時には、そ創《きず》の奥にある骨までが露出してしまうほどの深い床ずれのできることがあり、やはりそうした創から細菌が侵入し、それが全身に拡がってしまうことも、まま見られるのだ。

こうした肺炎や尿路感染、あるいは褥瘡などは、植物状態の患者にしばしば見られる合併症すなわち余病なのだが、この余病をこじらせてしまうと命取りになってしまう。

植物状態の患者の、こうした合併症を防ぐには、肺の中に溜まった痰を外から吸い出してやったり、尿道カテーテルをやめてオムツを当て、それを頻繁に交換する、あるいは体の向きを一定時間ごとに変えて、長時間同じ場所に圧迫がかからないようにするといったような、四六時中のこまめなケアが不可欠なのであるが、こうしたことには看護婦をはじめとする多くの人手が必要となる。

しかし、植物状態の場合、たとえ多くの人手をかけて合併症を予防したところで、決してもともとの意識障害が改善するわけではない。そして、意識障害が改善しない限り、合併症予防のために人手をかけるべく、入院生活を続けなければならないというわけである。それは、ゴールのないマラソンを走り続けているようなものだ、という喩《たと》えがピッタリとくるかもしれない。

さて、病院経営という立場から、こうした植物状態の患者の療養を見た場合、現在の医療保険制度の下では、人手すなわち人件費という高いコストをかけても、患者が退院しなければベッドの回転率が落ちてしまい、新規顧客による売り上げ増が期待できない状態ということになる。早い話が、病院にとって植物状態の患者というのは「おいしい」患者ではない、というわけである。ということは、植物状態の患者を引き受けてくれる病院が、非常に少ないということを意味している。

「そうでしたよね、だから、植物状態になってしまう可能性が大きいと思われるような患者さんの場合は、急性期を無事乗り切って、何とか救命できたからといって、救命センターから余所《よそ》へ出すということは、決して容易ではないんだということだったですよね、先生」

「その通りなんだよ、その結果、救命センターの生命線ともいうべき、空きベッドの確保ということが、とても難しいものになってしまうんだ」

救急医療の「最後の砦」といわれる救命救急センターに求められることは、何時《いつ》いかなる時にでも、救急患者を受け入れるということである。そのためには、常に空きベッドが確保されていなければならない。つまり、救命救急センターは間違っても「満床につき急患お断り」なんぞと言ってはいけないところなのだ。

「だから、植物人間の存在が、救急医療にとっては大きな問題だと、おっしゃったわけですよね」

「うん」

「で、どうなんでしょうか、あの頃から何年も経ちますが、この問題は解決したんでしょうか」

「いやいや、残念だけど、基本的には何も変わっちゃいないな」

どんなに医学が日進月歩だといっても、こと植物状態に関しては、ここ何年かの間に画期的な治療法が生み出されたという話は、とんと聞こえてこない。

さらに、バブルの時代ならいざ知らず、経済が左前になってくると、膨大な国民医療費が槍玉に挙げられる。そして、その医療費からまず圧縮しろ、ということになる。そうした経済環境にあれば、病院経営の足枷《あしかせ》となるような植物状態の患者は、真っ先に目を付けられて、それこそ行き場がなくなってしまうというわけである。

「そうなんですよ、先生、私が今回調べてみたいのは、そこんとこなんです」

電話の向こうでは、我が意を得たりとルポライターの声のトーンがあがった。

「植物人間という存在の、そうした経済的な問題を、今回はまとめてみようと思ってるんです」

「なるほど、それは、いかにもおまえさんが腕を振るえそうなテーマだな」

「でしょ、ですから、近々お伺いしますので、またいろいろ教えてやって下さいよ、先生」

そう言って、ルポライターは電話を切った。

確かに、金が敵《かたき》の世の中である。このルポライターが言うように、植物人間の問題が、金ですべて解決するっていうんなら、そりゃ話は単純だが、しかし、中にはそう簡単にはいかない場合もある。

＊　　＊　　＊

「最後の方はですね、えーと、これは、うちの救命センターにかかりつけだっていう患者さんで……」

救命センターの、いつもの朝の申し送りである。その日勤務する医者が、前日の当直医から、昨夜担ぎ込まれてきた新入患者のプレゼンテーションを受けるのだが、その最後に、一人の患者が紹介された。

「かかりつけって、名前はなんていうの」

「えーと何でしたっけ、そうそう、田村幸一さん、五十六歳の方です」

「ああ、田村さんか、で、どんな具合なんだい」

「はい、奥様のお話ですと、ここのところ微熱が続いていたらしいんですが、昨日の夜、それが四十度近くになったということで」

「そうか、やっぱり熱は下がらなかったんだな」

「ええ、やはり尿路系の熱だと思われますが……」

「うん、で、どうした」

「はあ、今のところ、点滴だけ落として、様子をみています」

「わかった、あとは俺が診るから、おまえさんたちは気にしなくていいよ」

「わかりました、じゃあ、次は、入院患者さんの申し送りですが……」

例えば、何度痛い目にあっても懲りずに酒をあおっては血を吐いてくるアルコール性肝硬変のオヤジとか、睡眠薬を服《の》んでは狂言自殺を繰り返す中年女とかの、いわゆるリピーターというのは決して珍しくはないのだが、さすがに、救急患者を専門にしている救命センターにかかりつけの患者さんというのは、考えてみれば、おかしな話である。

「先生、さっきの患者さん、かかりつけって、どういうことなんですか」

申し送りが終わり、医局でモーニングコーヒーをすすっている時に、案の定、研修医が不思議そうに尋ねてきた。

「あの患者さんかい？　そうねえ、どれぐらい経つかなあ、五、六年じゃきかないかもしれない」

＊

その患者が救急車で運び込まれてきたのは、年の瀬も押し詰まった頃のことであった。

「状況は？」

「はい、職場で残業中に、突然うめき声をあげて倒れたようで……」

救急隊の手でストレッチャーから降ろされた患者は、大きないびきをかいていた。ネクタイをゆるめられ、ワイシャツの前を大きくはだけられた患者の胸が、苦しげに上下している。

「名前は？」

「えーと、田村……幸一、さんです」

救急隊長がメモ帳片手に答える。

「田村さん、田村さん、わかりますか！」

胸板を叩きながら、当直医が患者に大声で呼びかけた。患者は、しかし目を開けず、いびきをかき続けている。

「除脳硬直みたいですね」

そばにいた若い医者が、患者の手足がひどく突っ張っていることを指摘した。刺激を与えた時に、四肢の関節を完全に伸ばし切り、さらに手足を内旋すなわち内側に回すような形をとる状態を、除脳硬直肢位と呼ぶ。これは、脳内に重大なことが起きていることを意味する所見である。

「まず、気道確保だ！」

当直医の指示で、枕元に立っていた研修医が、患者の顎《あご》を両手で摑んだ。

鼻や口から、気管を通って肺に到るまでの空気の通り道を気道と呼ぶのだが、いわゆる「いびき」というのは、この気道にその原因がある。何らかの理由で狭くなってしまった気道を、出入《ではい》りする空気がむりやり通り抜けようとする時に、ちょうど笛を吹くような感じで発生する雑音、それが「いびき」なのである。

よく知られた理由として、舌根沈下というものがある。舌根というのは、舌の根元すなわちもっとも奥の部分をさすのであるが、我々は通常、舌の筋肉を緊張させることによって、舌根を引き上げている。ところが、脳出血などをおこして昏睡状態になってしまったとか、深い眠りに落ちてしまったとかの場合、舌の筋肉の緊張が弱まり、舌自体が緩んだしまりのないものになってしまう。もしその時、仰向けの状態になっていると、緩んだ舌が、その重みによってドタッと下に落ちる、すなわち舌根が喉《のど》の奥におしつけられるような恰好になる。

このことを、舌根沈下と呼ぶのである。

その舌根沈下の結果、気道が狭められることになり、いわゆる「いびき」をかくようになるわけである。逆の言い方をすると「いびき」は、気道の狭窄《きょうさく》がおきているということのサインなのだ。

この気道の狭窄を放置しておくと、呼吸が苦しいばかりではなく、さらに進んで気道が完全に塞がってしまうことになる。それはつまり窒息状態に陥るということを意味している。意識のない人間が「いびき」をかいているというのは、したがって、それだけで非常に危険な状態であり、直ぐに処置を必要とするわけである。

この気道の狭窄もしくは閉塞を解除すること、あるいは沈下した舌根を引き上げることを『気道確保』という。具体的には、両手で下顎を上方に引き上げたり、肩の下に枕を入れたりすることで舌根の沈下を防ぎ、気道を確保することができるのである。

「もともと、何か、病気のある人?」

研修医の気道確保が有効であることを確認した当直医が、振り返った。

「はあ、同僚の話ですと、普段から自分は血圧が高いんだと言っていたということらしいのですが……」

救急隊長は、それ以上の詳しいことは判らないと答えた。

「いくら? 血圧は」

「二三〇です!」

しゃがみ込んで血圧を測定していた若い医者が、聴診器を耳元から外しながら立ち上がった。

「瞳孔は？」

「……両側、縮んでいますね、対光反射もはっきりしません」

患者の瞼《まぶた》を親指でこじ開け、ペンライトの光を左右の瞳孔にあてながら、研修医が答えた。

「現場でも、やはり、両側縮瞳しておりました」

救急隊長が脇から報告する。当直医は、直ちに血圧を下げる降圧剤を投与することと、頭部のＣＴ検査を指示した。

「で、ご家族には？」

ＣＴ室に向かった患者のストレッチャーを目で追いながら、当直医が救急隊長に尋ねた。

「一緒についてこられた同僚の方が、連絡されているはずです」

「わかった、どうもご苦労さん」

患者受け取りのサインを書き終えてストレッチャーの後を追おうとした当直医に、救急隊長が声をかけた。

「やっぱり頭、ですか、先生」

「うん、脳内出血は間違いないよ」

救急隊長にそう言い終えて、くるりと踵《きびす》を返した当直医は、脳の何処《どこ》の出血かが問題なんだよなと独り言《ご》ちながら、小走りに処置室を後にした。

「出ましたよ、先生」

先にCT室に到着して、モニター画面を見ていた研修医が、指をさした。画面には、輪切りにされた患者の脳味噌が映し出されていた。その画面のちょうど中央のところに、くっきりとした白い斑点が見えている。

「橋《きょう》出血か……やっぱりな」

当直医は、腕を組んでモニター画面を見つめた。

＊

「人間の脳は、大きく三つに分けることができます」

壁のホワイトボードに絵を描きながら、当直医が説明を続けている。

「大脳、小脳、そして、ここが脳幹と呼ばれるところです」

CTでいうと、この中央の部分が脳幹なんですと言いながら、当直医はシャーカステンにかけられたレントゲン写真を指さした。

「ご主人の頭の中でおきたことは、この脳幹と呼ばれる部分の、より細かく言うと、『橋』というところの出血です……」

とるものもとりあえずすっ飛んできたという風情の、田村幸一の妻の表情は、はたして今の説明を理解したのかどうか、当直医が首をひねってしまいそうなものであった。

「いいですか、この『橋』というのはとても大事なところで、意識だとか呼吸だとか、あるいは血圧なんかを司《つかさど》っているんです」

「は、はあ……」

「それだけじゃなくて、全身の筋肉を動かしたり、痛みを感じたりすることにも深く関わってる場所で、人間の体の中で一番大事な所なんですよ」

「………」

「ですから、この場所に出血したということは、とても大変なことで、命の保証ができないということなんです」

妻の視線の焦点は、やはりまだ定まらない。

「奥さん、おわかりいただけましたか」

当直医は、もう一度念を押した。

「は、はあ……で、主人は、主人は、ど、どうなるんでしょうか」

「いや、ですから、今申し上げたように、非常に危険な状態なんです」

「き、危険……」

「その通りです、ここ一日二日の間に、もっていかれる可能性が非常に高いと思います」

「手術は……先生、手術でなんとかならないんでしょうか」

「それも、先ほど申し上げたじゃないですか、ね、例えば大脳だとか、小脳というところだったら、手術で血の固まりをとってくるということをする場合もあるんだけれど、ここはそんなことができない場所なんですよって……」

＊

「いや、しかし、そんな状態で、よく助かりましたねえ」

「そうなんだよ、誰もが、匙《さじ》を投げてたんだから」

朝の回診で最後に訪れる部屋の、窓際のベッドに田村幸一は横たわっていた。

「あの時は、確か、一号室送りにされちゃったんだよな、田村さん」

一号室というのは、あの世に旅立つための看取り部屋である。ポンポンと肩のあたりを叩きながら患者の顔をのぞき込むと、時折ピクピクと細かく痙攣《けいれん》していたその顔が、一瞬笑ったように見えた。

「え？　意識があるんですか、先生」

患者とのやり取りを傍らで見ていた研修医が、目を丸くした。

確かに、口元あたりの動きを見ると、主治医の軽口に反応を示したように思われたのだが、その視線は、医者たちには向かわずに、あらぬ彼方をさまよっている。そして次の瞬間には、なんだ、やっぱり判っていないのか、と思わせるような表情に変わってしまった。

と、突然その時、ベッドの上で患者の体が大きく跳ねあがった。驚いた研修医が、思わず後ずさる。苦しそうに歪んだ患者の顔が、火事場の金時よろしく、真っ赤になった。

「はいはい、大丈夫ですよ、田村さん」

患者のベッドサイドにいた看護婦が、馴れた手つきで、患者の胸板を平手で軽く何度か叩いてみせた。

患者の動きが収まるのを見定めると、看護婦は、ベッドの脇に置かれているワゴンの上の消毒薬の入ったピッチャーから、細い管をピンセットでつまみ上げた。さらにそれを、壁際に備え付けられたガラス瓶から延びる透明なチューブに差し込み、そのガラス瓶の蓋《ふた》についているコックをひねった。ピンセットでつままれた細い管の先端から、ちょうど自転車のタイヤのバルブから空気が抜け出ていくような、シューという低い気流音が響いてくる。

看護婦は、その細い管を患者の喉元にもっていった。

「いいですか、田村さん、これから痰を取りますからね」

そう言いながら看護婦が細い管を気管の中に差し込むと、患者は再び激しく体を上下させた。すると、黄色いゼリー状の物体が、ゼロゼロという音を響かせながら、透明なチューブの中を、ガラス瓶に向かって勢いよく流れていった。

「はあい、おしまい」

何度か大きく跳ねた後、患者はおとなしくなった。植物状態の患者にはつきものの、喀痰《かくたん》吸引という作業である。

壁際のガラス瓶は吸引瓶と呼ばれるもので、蓋に取り付けられたコックの一方は壁の中に埋め込まれた管に繋がっている。この管は病院中に張り巡らされたバキュームすなわち真空の管である。つまり、掃除機よろしく、患者の痰を吸い取ってしまうというわけである。チューブの中を流れていった黄色いゼリー状のものが、患者の痰なのである。

「しかし、激しい咳《せ》き込みようですねえ、先生」

「田村さんが、こんな状態で十年近くも生き続けることができている秘訣なんだよ、これが」

主治医がそう言うと、いかにもその通りだというように、患者の喉仏あたりが、ごくんと上下に動いた。

その喉仏の下に、プラスチック製の小さな丸い管が顔を覗かせている。気管カニューレである。植物状態の患者には、一般的に、気管切開という処置が施されている。これは喉仏すなわち声帯の下の気管に小さな穴を開けて、そこに気管カニューレと呼ばれる細い管を挿入し、気管を外界に開放するというものである。気管切開は、気道確保の確実な手段であり、これさえ置いておけば、意識がなかろうが舌根が沈下しようが、心配する必要がないのだ。

もう一つ、気管切開には大きな目的がある。それは、植物状態の患者にとって致命的な肺炎を防ぐということである。正常の場合であっても、肺や気管からは痰がつくられている。この痰は、いわば肺の中のゴミを集めたもので、それを喀出することにより、肺を常に清浄に保っているのである。カゼをひいた時に咳き込むことを思っていただければよい。気道に入り込んだカゼのウィルスを体外に排除しようとして、痰を作り出し、それを外に吐き出しているのだ。

痰の喀出がうまくできない植物状態の患者の場合、痰が肺の中に溜まりやすい環境にある。これはすなわち、肺炎になりやすいということを意味している。

気管や肺の中に溜まった痰を、容易に取り除けるようにする方法が、気管切開というわけである。看護婦が、バキュームに繋がった細い管を挿入したのは、この気管カニューレの中だったのだ。

「だけど、気管切開をやったからといって、必ず肺炎を予防できるというわけではないんだぜ」

主治医が若い医者たちに説明する。

「一番効果的に痰を除去する方法は、やっぱり患者自身の咳なんだよ」

田村さんぐらい勢いよく咳をして、痰をふき飛ばしてくれれば、だから、安心なんだよな、と言いながら、主治医は再び患者の顔をのぞき込んだ。先ほどまで真っ赤になっていた顔色が元に戻り、患者は、気管カニューレを通して静かな息をしていた。

「さっきの話だが……」

主治医が、若い医者の方を向いた。

「は？」

「ほんとうは、意識があるのかもしれないぜ、田村さんは」

「ま、まさか……」

若い医者が、恐る恐る患者の顔を振り返ると、一瞬息が荒くなり、再びその眼球が動いたように見えた。

実は、植物状態というのは、その患者に意識がないということなのではなく、患者に意識があるのかないのかわからないという状態のことなのである。ひょっとすると、患者には、その患者の耳には我々の声が届いており、何事かを感じているのかもしれないのだが、ただ、患者には、それを我々に告げるべき手段がなく、同様に、我々にもそれを知る術がないというだけなのかもしれないのだ。

「どう思われるんですか、先生は」

「うーん、どうだろう、俺も、田村さんとは、ずいぶんつきあいが長くなっちゃったんだけどねえ」

主治医は、腕組みをしたまま、じっと患者の顔を見つめた。

「意識があるようにも思えるし、全然ないようにも思えるし……さあて、ほんとのところは、やっぱり、よくわからんな」

ベッドサイドでの医者たちのそんな議論が聞こえたのか聞こえないのか、患者は、ふっと瞼を閉じて、またゆっくりとした息遣いを始めた。

＊

「どうだい、お母ちゃん、もう決まったかい？」

主治医が、病院の渡り廊下で妻を呼び止めたのは、その橋《きょう》出血の患者が救命センターに担ぎ込まれてから、四ケ月ほど経った頃だった。陽気はすっかり暖かくなり、渡り廊下の窓の下に拡がる花壇には、春の花が幾種類も咲き乱れていた。

数日のうちには絶命してしまうだろうという大方の予想に反して、幸か不幸か、患者は命を永らえていた。

「橋」を含んだ脳幹と呼ばれる部分は、ひとことで言えば、その人間が生きていくためのコントロールタワーである。ところが、脳幹というものは、それほどまでに重要な働きを担っているにもかかわらず、わずか数センチ四方の大きさしかない。それ故に、出血によってできた血腫の場所の、わずか数ミリの違いによって、ある患者は絶命し、別の患者は命をとりとめるということになる。おそらくこの患者は、まさしく紙一重のところで踏みとどまることができたのであろうが、しかし、それと引き替えに、この患者は別のものを失ってしまった。

その名の通り、脳幹は呼吸や循環を司る生命の中心であり、同時に、運動や知覚を担う神経が縦横に走り「脳幹網様体」なるものを形作っている。実は、この脳幹網様体の活動によって、大脳の働きすなわち意識が活性化されているのである。

この患者が生命と引き替えに失ってしまったもの、それは、この清明な意識だったのだ。つまり、この患者は、植物状態で生き残ってしまったというわけである。

「はあ、いくつかの病院は、実際に見てきたんですけど……」

窓の外の明るさとは対照的に、妻の表情は暗く、その視線は床を這った。

「そう、で、どうだった、気に入ったところはあったかい？」

主治医の問いかけには答えず、妻は黙って下を向いたままであった。

救急患者、しかも生命に関わる重症の患者だけを専門的に収容するように義務づけられている救命救急センターでは、新たな救急患者受け入れのために、生命の危機を脱した患者を、余所《よそ》に移すということが不可欠である。

この作業は、しかし、救命センターのスタッフにとって、決して容易なことではない。急性期を乗り切った患者を引き受けてくれる、いわゆる後方転送医療機関は、もちろんいくつか存在するのであるが、そこのベッドの数にもやはり限りというものがある。救命センターの都合だけで、いつもいつも、患者を引き取ってくれるわけではないということが、その理由の一つである。転送をお願いするのが、まして植物状態の患者ということであれば、なおさらである。

しかし、それよりも厄介なのは、患者や患者の家族が、そうした医療機関に移ることを渋るということなのだ。もちろん、そんな気持ちが理解できないわけではない。しょっぱな世話になった医者や病院に、最後まで面倒を見てもらいたいというのが、それこそ人情というものであろうし、主治医からどんなに大丈夫だといわれても、看護スタッフの数が多めに設定されている救命救急センターの集中治療室から、ギリギリ最低限度の数しか確保されていないような一般病棟に出されるのは、やはり心細いものがあるに違いない。

「でも、あなたがこの救命センターに入院することができて、無事に命を取り留められたのは、そうやって、別の病院に移ってベッドを空けてくれた方がいたからなんですよ」

こんな正論を、何度も繰り返し説明したところで、しかし、患者側から転院に関して、にわかに納得が得られるようなケースは、ほとんど見あたらない。もちろん、我々としても、ただ無下《むげ》に移ってくれというわけではなく、転院先として信頼できる医療機関の候補を、いくつか提示するなどといったことを行っているのである。

実際、この橋出血の患者の妻にも、住まいに近い幾つかの、信頼できる病院を紹介していた。

「先生、やっぱり……転院しなければなりませんか」

しばらくの沈黙があった後、妻が、重い口を開いた。

「そうだね、田村さんも、そろそろ、そういう時期だねえ」

主治医は、いかにもそれは当然のことであるというように、力みのない調子で答えた。

「それじゃあ……連れて帰ります」

主治医は、不意をつかれて、言葉を失った。

「今、何て言ったの、お母ちゃん」

「ええ、ですから、うちの人を、家に連れて帰るって……」

主治医は、自分の耳を疑った。

「うちの人を連れて帰るって、いったい何処に……」

「だから、家ですよ、先生」

「おいおい、お母ちゃん、自分が何言ってるのか、わかってるのかい」

＊

「いやあ、あの時は、ほんと、腰が抜けるほど驚いたよなあ」

回診が終わり、医局で遅いモーニングコーヒーをすすりながら、主治医は当時のことを受け持ちの研修医に語った。

「だって、俺たちは、植物状態の患者さんをケアするために、看護婦たちがどれぐらい苦労してるか、よく知ってるだろ」

遷延性意識障害の患者の看護で一番大事なこと、それは、四六時中いつも人手をかけるということである。食事の世話（流動食を準備し、鼻から胃袋に通じている細い管に流し込む）や失禁状態の大小便の始末からはじまり、褥瘡《とこずれ》を防ぐために体の向きを二、三時間おきに変えることや、気管切開部から噴き出してくる喀痰の吸引などなど、一人の植物状態の患者の合併症を防ぎ、その生命を保つためには、膨大な人手を必要とする。

確かに、遷延性意識障害に陥ってしまった患者の落ち着き先として、自宅の寝室という選択肢がないわけではないが、しかし例えば、部屋が幾つもある大きな家であるとか、大家族で人手が多いとか、あるいは周囲からの支援を受けやすい地域だとか、そうした好条件が揃わなければ、とても無理な相談である。仮にそうした条件がクリアされたとしても、意識の戻る見込みのほとんどないような患者なのだ、当の家族にそうした存在を受け入れる覚悟というものがなければ、長続きなどするはずもない。事実、自宅に連れて帰るどころか、本音を言えば、どこかの病院に死ぬまで押しつけておきたいという家族を、これまで嫌というほど見てきているのだ。

患者のケアを目的とした病院という特別な場所で、しかも、職業として一日三交代という限られた時間だけ集中すればいい看護婦たちが行うならまだしも、普通の小さな団地で、ケアに関して全くの素人である家族が、しかも妻一人で面倒見ようというのである。

「とても正気の沙汰とは思えなくてね、最初は、いったいこの奥さん、何を考えてるんだろうと思ったもんだよ」

「なるほど、無理もないですね」

「だろ、だから、転院先を斡旋《あっせん》してくれていたケースワーカーも、自宅に連れて帰るのは無理だから止《や》めた方がいいと、さんざん説得したんだが、だけど、ともかく連れて帰るの一点張りでね」

「へえ、で、どうしたんですか」

「うん、ついに、こちらが根負けしちゃってね、そんなに言うのであれば、なんとか家に帰れるようにしようってことになったんだ」

自宅の改造から始まり、介護用の特別ベッドの調達、訪問看護や往診してくれるドクターの手配など、ケースワーカーが走り回って様々な手筈《てはず》を整える一方で、妻に、患者ケアのテクニックを徹底的に教え込んだのである。

「吸引のやり方から体位交換の方法、そうそう、気管カニューレの入れ替えまで、ずいぶん練習したよな」

「たいへんだ、そりゃ」

「そうなんだ、それがお母ちゃん、とっても飲み込みのいい人でね、三ヶ月もすると、看護婦の代わりが、十分できるぐらいになっていたんだよ」

「ほう、そりゃ、たいしたもんですね」

「それでもまあ、自宅に連れて帰ってひと月もすりゃあ、きっと音を上げて、どこでもいいから病院に入れてくれって泣きついてくるに違いないと、ほんとのところは、みんな高を括ってたんだけど……」

主治医は、ため息混じりにコーヒーカップを置いた。

「気がついたら、そろそろ十年に手が届こうかというところまできちゃったんだよなあ、あのお母ちゃん」

「そうだったんですか」

研修医は、大したもんだというように、何度か頷いた。

「でも、先生、奥さんにそこまで頑張らせているのは、いったい、何なんですかねえ……」

＊

「やっぱり、尿路系だね」

「そうですか、ここひと月ばかり、なんだか、右の背中が痛むような素振りを見せていたものですから、そろそろ危ないのかなとは思ってたんですが……」

医局の隣にある面談室で、シャーカステンに掛けられたレントゲン写真を見上げながら、妻は、自ら納得するように、何度か首を縦に振った。

「えっ？　やっぱり、田村さんは、痛みとかを表現することができるんですか」

主治医の傍らで、メモを取っていた受け持ちの研修医が、思わず顔を上げた。

「さあて、どうしたもんかなあ、お母ちゃん……」

主治医は腕を組んだまま、レントゲン写真をみつめた。その写真には、患者の腹部が映し出されていた。

腹部全体がやや黒っぽく見えるのは、腸の中に大量のガスが溜まっているためなのだが、これは、腸の動きがあまり活発でないことを意味しており、植物状態の患者には、ありがちな所見である。そうしたガス像の中に、誰の目にもはっきりそれとわかる、ひときわくっきりとした白い影が見える。

腎臓は、腹部の背中側で腰骨のやや頭側にある。左右にひとつずつ、大きさは握りこぶしぐらいで、その形はソラマメに似ている。そのソラマメのくびれたところを内側にして、左右が向き合うような恰好に配されている。そのソラマメを割ってみると、外側の皮質、髄質と呼ばれる実質部分と、内側の腎杯、腎盂《じんう》と呼ばれる部分とに分かれる。この外側の実質部分でつくられた尿が、内側の腎杯に分泌され、そして腎盂に集められてくるのである。腎盂からは、さらに尿管と呼ばれる管が下方に伸びており、最後は膀胱に到る。腎盂の尿は、尿管を通って膀胱内に溜まるという仕組みである。この腎臓から膀胱に到る尿の通り道を、尿路あるいは尿路系と呼ぶのである。

その尿路に、リン酸カルシウムやシュウ酸カルシウムなどといった成分からなる石のできることがある。これがいわゆる尿路結石である。そのできる場所によって、腎杯結石、腎盂結石、尿管結石、あるいは膀胱結石などと呼ばれるわけだ。

この結石ができる原因には、様々なものがあるが、その一つに長期臥床《がしょう》、つまり、いわゆる寝たきり状態というものがあげられる。何らかの理由で長期臥床を余儀なくされると、骨や筋肉を使うことがほとんどなくなってしまい、その結果、全身のカルシウムの代謝のバランスが崩れ、尿の中に排出されたカルシウムが石になりやすくなると考えられているのだ。植物状態というのは、まさしく長期臥床状態であり、実際、多くの患者は尿路結石を持っている。

レントゲン写真の上で、白くくっきりと見えたものが、実は、この結石の影なのである。

「オシッコがだいぶ濁っていたんじゃないの、最近」

「はあ、時折、膿《うみ》のようなものが混じったオシッコが出ていました」

「診療所の先生は、何だって?」

この患者は、自宅に戻ってからは、近くの診療所のドクターの、週に何回かの往診を受けていた。

「いつものオシッコからの熱だろうけど、今回、もし熱が下がらないようなら、いよいよ石を何とかしなきゃダメじゃないかって……」

こうした結石が尿路にできると、尿の流れが悪くなり、そこに細菌が巣食いやすくなってしまう。これが、結石による尿路感染である。例えば腎盂腎炎などと呼ばれる尿路感染を起こしてしまうと、四十度以上の高熱を出すことも希《まれ》ではない。この患者も、実は、過去に何度もこうした高熱を出して、救命センターに入院を繰り返しているのだ。

ああ、それで救命センターにかかりつけだっていってたのかと、研修医はひとり合点していた。

「どうやら、診療所の先生の心配した通りだろうな」

「と、いうと……」

「うん、右の腎盂に相当膿が溜まっちゃってるようだね」

「……やっぱり」

一瞬、妻の顔が曇った。

「前から腎盂結石があった所なんだが、今回は、いよいよダメだな、抗生物質だけじゃどうにもなりそうにない」

「手術？」

「そうね」

「その石だけを、取り出すことができるんですか、先生」

「……いや、やるんだったら、右の腎臓ごと摘出することになると思うよ」

技術的に石だけを取り出すのはかなり難しいこと、腎盂結石が大きくなったことによって尿の流れが非常に悪くなり、その結果として右の腎臓はすでにその機能を失ってしまっていること、左腎にも石はあるのだが、幸い機能はまだ十分に残っており、左腎だけでも何とか生命を維持することが可能だと考えられること……主治医は、妻に現在の医学的判断を伝えた。

「もし、手術をしなかったら、どうなりますか、先生」

「そうねえ、抗生物質が効けば、一時的には熱も下がって調子もよくなるだろうが、石が残ってる以上、やっぱり繰り返すと思うよ、同じことを」

「……………」

「逆に、薬が効かなければ、腎盂腎炎から敗血症になって、命取りになってしまう可能性があるよ」

主治医の言葉に、妻は、額に皺を寄せた。

「だけど、先生」

「ん？」

「手術がうまくいったとしても、やがて左の腎臓も同じようになる可能性があるんですよね」

「……うん」

主治医は、くぐもった声で返事をした。妻は、いかにも困ったという顔で、その額に手を当て、目を閉じた。

しばらくの間、そんな妻の顔を見つめていた主治医が、その雰囲気を吹っ切るようにトーンを変えた。

「まあ、いいさ、お母ちゃん、一晩よく考えて、それからどうするか結論を聞かせてくれればいいから、ね」

その声で我に返ったように、妻は目を開け、わかりましたと頷いてみせた。

「だけど、お母ちゃん、このまま、何もしないっていう結論を出しても、俺は、全く構わないと思うんだけどな……」

主治医の言葉が聞こえたのか聞こえなかったのか、それには何も応えず、妻は面談室を後にした。

「さっきの話ですが、先生……」

妻との面談が終わり、主治医が医局で再びコーヒーをすすりあげていると、カルテを整理し終えた受け持ちの研修医が、怪訝そうに声をかけてきた。

「ん？」

「先生は、田村さんの手術をするつもりがあるんですか、それとも、ないんですか」

「さあて、どっちだろうなあ、きっと、どっちでもいいんだろうなあ」

「どっちでもいいんだろうな、って……」

「うん、手術するのもよし、しないのもよし……」

「そ、それじゃあ、奥さんが手術してくれっておっしゃったらやるんですか？」

「ああ、そのつもりだけど」

「えー、だって先生、田村さん、植物状態なんですよ」

目を丸くしていた研修医が、次には口を尖らせた。

「手術をしなければ生命の維持ができないような合併症を併発してしまったんだとしたら、それは、田村さんの寿命が尽きたってことじゃないんですか」

遷延性意識障害の状態の患者には、手術の適応などあるはずがないというのが、研修医の言い分である。

若い医者は続けた。

「もちろん、膿にまみれた右の腎臓を摘出すれば、全身状態は改善するんでしょうけど、石の残っている左の腎臓が、右と同様に感染を起こすことは時間の問題でしょうし……」

そうなれば、今回と同じく左腎も摘出してしまえばよいわけだが、しかし、そんなことになれば、腎臓のない状態になってしまうではないかというのである。

「そりゃ、透析なんていう手段もありますが、植物状態に陥ってしまっている患者さんに、はたして、そこまでやる必要があるんでしょうかねえ、先生」

「そうね、おまえさんの言うとおりなんだろうな、きっと」

「確かに、今回の尿路感染は、いよいよ田村さんの最期が近づいているということを意味しているのかもしれないな」

「だったら……」

「でしょ」

「だから、このまま何もしないっていうことでもいいんだよって、最後に声をかけたのさ、お母ちゃんには」

そうだったんですか、というように、研修医は頷いた。

「だけど、いったいどんな返事をしてくると思う？」

しばらくの沈黙の後に、主治医が研修医に尋ねた。

「さ、さあ、それは……」

「いや、ほんとのことを言うとね、あのお母ちゃんが、いったいどんな返事をしてくるのか、俺にもまったく見当つかないんだよ」

主治医は、コーヒーカップを机の上に置いて腕を組んだ。

「最初っからの主治医である先生が、わからないっていうんじゃあ……」

「もちろん、田村さん夫婦とのつきあいは長いんだけれど、これぱっかりは、わからん」

主治医は、再びコーヒーカップを手にした。

「ま、寿命なんてものはだな、神のみぞ知る、だ」

「な、何ですか、それ」

「医者にそれがわかるなんて思うのは、きっと、思い上がりも甚だしいのかもしれんな」

「は？」

主治医の言葉に、研修医はキョトンとした顔をした。

「いや、なに、神様以外に田村さんの寿命を決められる人間がいるのだとしたら、そりゃ、あのお母ちゃんをおいて、他には誰もいないだろうなってことだよ」

もちろん、周りの人間のサポートがあったのは間違いないのだが、それにしても、何年にもわたって、自宅で一人で、それも何一つ物言わぬ植物状態の夫の看病を続けてきたのである。

「だから、お母ちゃんが何を言ってきたとしても、その通りにするつもりなんだ、それがきっと、田村さんにとって一番いいことのはずだから……」

＊

「そうそう、前から一度、聞こう、聞こうと思ってたんだけど、どうして、お父ちゃんを家に連れて帰ろうと思ったの、病院に預けておけば、何かとよかっただろうに」

受け持ちの研修医と共に、主治医が妻と再び面談室で向かい合ったのは、翌日の昼過ぎのことであった。

「どうしてって……もう、何年も前の話だから、その時のことは、はっきりとは覚えてないんですけど」

妻は、記憶を辿るように、視線を遠くに向けた。

「きっと、嫌だったんですよ、ほら、うちの人のあんな姿を、誰彼の目にさらすことになるのが……」

当時、妻は、植物状態の患者を引き受けてくれるはずの、救命センターの後方転送医療機関を紹介されて、そのいくつかを実際に見てきていたのである。

「看護婦さんたちが一生懸命世話してくれているっていうのは、よくわかったんですけど、やっぱり、他人《ひと》様の厄介になるっていうのが、嫌だったんでしょうね」

「お母ちゃんが、かい」

「私もそうですけど、それよりきっと、うちの人が、そう思うだろうなって……」

そういいながら、妻は主治医に視線を戻した。

「最初は、それぐらいの想いしかなかったんですけど、いつの間にか、こんなに時間が経っちゃった」

ことなげにそう言って、妻は白い歯をみせた。

「そうか……でも、お母ちゃん、よく頑張ったさ」

「とんでもない、自分では、そんなに無理しているつもりはないんですよ、先生、ほんとに」

妻は再び、笑いながら応えた。

「で、そのお母ちゃんは、どうすることにしたのかな」

主治医の問いかけに、それまでの笑顔がふっと消えた。

「はあ、やっぱり……手術をお願いしようかと思って」

妻の答に、カルテにメモを取っていた研修医が顔を上げた。ほんのしばらくの沈黙があった後、主治医が口を開いた。

「昨日も言ったけど、手術をしないことにしたって、誰も、何も言わないよ」

主治医の言葉を受けて、妻は、額に手を当てた。

「はあ、先生のおっしゃりたいことは、よくわかっているつもりです」

「なら……」

「だから昨日一日、ずっと考えていたんです」

妻は、そばにいる主治医や研修医に、無理に聞かせるという風ではなく、訥々《とつとつ》としゃべり始めた。

「ええ、先生のおっしゃるとおり、よくここまで頑張ってきてるんです、いえ、私じゃなくて、うちの人が、ですよ、これまでにも何回も具合が悪くなって、先生方にお世話になってきましたけど、その都度、うちの人、乗り切ってきましたから……でも正直言うと、ほんとにこれでよかったのかなって思うことが度々あるんですよ、いつだったか、肺炎をこじらせた時なんか、うちの人、熱で赤くなった顔を、痰が絡んで咳き込んでは、いよいよ真っ赤にしちゃって、そんな時は、まともに見てられないんですよ、とても苦しそうで……」

妻は、視線を机の上に這わせながら、話を続けた。

「ひょっとしたら、うちの人をそんな苦しい目に遭わせているのは、私自身なのかもしれないなあって、時々思うんです、だって、うちの人がいなくなっちゃったら、困っちゃうのは私の方なんですから……だけど、うちの人、おい、もういいから、早く俺のこと楽にしてくれって、ほんとは私にそう言ってるんじゃないのかしらって、だから、先生から手術の話が出た時、うまくいけば、また長く生きられるんだけど、でも、それはまた、うちの人に大きな傷をつけて、つらい思いをさせるだけじゃないのかしらって……」

研修医は、メモをとる手を止め、妻の横顔を見つめた。

「お父ちゃん、手術のこと話したら、どんな顔してた？」

「えっ？　ええ、もういい加減にしてくれよって、そう言ってるようにも見えたし、おまえの好きなようにしたらいいさと言ってるようにも見えたし……」

主治医の問いかけで我に返ったように、妻は、軽い笑みを浮かべた。

「今回は、うちの人がどう思ってるのか、よくわからなかったんです、先生、ほんとのことを言うと」

「そうか」

「でも」

「ん？」

「わがままだけど、ほんとに私のわがままだっていうこと、よくわかってるんですけど、やっぱり、うちの人に、もう少し生きてて欲しいんです、だって、うちの人がいなくなっちゃったら、私の生きてる意味もなくなっちゃうんですから、私、だから……」

妻は、主治医の方に向かって、頭を下げた。

＊

「田村さん、あの状態で、よく傷がふさがりましたよねえ」

意識状態の悪い患者の、特に感染が合併しているような創は治りが悪く、下手をすると、何ケ月もの間、ジクジクと膿が出続けることも珍しくはない。それが、右腎の摘出手術から一ケ月ほどが経過したころには、手術創もすっかりと癒《い》えて、晴れて自宅退院ということになった。

「生きていてほしいって言っていた、あのお母ちゃんの声が、聞こえてたんだろ、きっと」

「ま、まさか」

寝台車に向かうべく、ストレッチャーに乗せられて廊下を行く患者の、枕元に付き添って小走りについていく妻の後ろ姿を見遣っていた受け持ちの研修医が、不思議そうに尋ねた。

「だけどあの奥さん、どうしてあんなに、頑張れるんでしょうか、先生」

「さあ、どうしてなんだろ、俺にもよくわからん」

「もし自分の親があんな風にでもなっちゃったんなら、どこぞの病院に放り込んで、とっとと見捨ててしまうんですがねえ、私だったら」

「ま、おまえさんのように薄情な人間だったら、そうだろうな」

「ずいぶんですね、先生」

「いずれにしても、田村さんとお母ちゃんの間には、他人様には到底入り込めないような、深い繋がりがあるってことなんだろうなあ」

子供のいない分、もともと仲のよい夫婦だったのが、一方が植物状態に陥ってしまったことによって、さらに一段、次元の違った関係になったに違いない。

「だけど、先生」

「ん？」

「田村さん、また、きっときますよね」

「そうね、この次も尿路感染か、それとも肺炎なのか……」

「いえいえ、そうではなくて、田村さん、絶対に死んじゃいますよねって、そういうことですよ」

「ああ、遠からずね」

「そしたら、あの奥さん、いったいどうなっちゃうんでしょうか、先生」

「さあて、その時はだな、きっと……」

馴染みのルポライターからは、まだ「植物人間なる存在における経済的問題」なんぞというルポは届いていない。おそらくまだ、遷延性意識障害の状態にある多くの患者やその家族の取材に飛び回っているのだろう。

きっと、あちらこちらに転がっているに違いないのだ、そう、金で解決できないような、田村夫妻のようなそんな話が……

選　択

昨年（一九九七年）の秋から医療費の自己負担分が大幅に増やされた。年末から年明けにかけて、一流といわれたいくつもの企業が、あっけなく倒産してしまうほどの不景気の最中、賃金カットやリストラの嵐にじっと耐えている我々庶民にとって、この医療費負担の増加はこたえる。いつもの血圧の薬をもらいに行ったら、それまでの三倍もの額を窓口で請求されちゃった、これじゃあおちおち、病気にもなれやしない、なんぞという声が、そこかしこから聞こえてくる。

誤解されては困るのだが、患者の窓口での支払額が増えたからといって、医療機関の実入りが増えるというわけではない。医療保険側からの支払がその分だけ削除されて結局は同じなのである。それどころか、自己負担増のあおりを受け、患者の受診数が減り、経営が苦しくなる医療機関も出てくるはずである。

もちろん、健康であることにさらに意識が向けられるようになり、また、病院を老人ホームやサロンのように考えていた人たちの足が遠のき、ほんとうに医療を必要とする人たちだけが病院にかかるようになっていくのであれば、むしろそれは望ましいことであろう。

しかし、いずれにしてもそれほどまでに医療保険の財政状態が逼迫《ひっぱく》してきていることは間違いない。その結果として、医療機関からの医療保険への診療報酬請求に際しては、厳重な審査が行われている。

不必要な薬剤を投与していないか、過剰な検査をしていないか、保険適応を逸脱した治療行為をやってはいないか、あるいは不正請求をしていないか、などなどまさしく微に入り細を穿《うが》つチェックが施され、問題ありとされると、厳しく査定を受けることになる。

そしてこのことは、救命救急センターとて例外ではない。むしろその名の通り、救命ということを至上命題として、医療技術や医療機器の専門化、高度化が図られているために、必然的に医療費が高額なものとなり、それだけ査定の目はより厳しくなっていくのである。

「冗談じゃねえや、こちとら、人の命は地球より重いってえほどに、命を救うことに全力を尽くしてるんだ、人の命をダシに、不正請求して一儲けしようなんぞと、いったいどこのどいつが考えるかってんだよ、まったく！」

救命救急センターの若い医者たちの熱い啖呵《たんか》も、しかし、このご時世では、なかなか通らないようである。

＊　＊　＊

「どうだ、大学の返事は」

「それが……」

「なんだ、ダメなのか」

「ええ、とても条件が悪いようです」

「そうか、しかたねえな」

「残念なんですが……」

「で、どうするんだ、これから」

「はあ、問題はそこなんですよね」

若い医者が、思案顔で腕を組む。

「どうしたらいいか、考えあぐねちゃってるんですよ」

歯切れの悪い返答である。

「いや、それでですね、家族に決めさせようかと思っているんですよ」

「ん？」

「いえね、このままの治療を続けるかどうするか、家族に選ばせようかと……」

「……おまえさん、それだけは、やめとけよ」

受け持ちの医者は、そうはおっしゃっても、じゃあどうすればいいんですか、と納得のいかない顔をしている。

「いつだっけ、あの患者が入ったのは」

「もう二週間経つんですよ」

＊

その患者の収容要請があったのは半月ほど前のことである。

「先生、電話ですよ」

「どこから」

「江東橋病院の佐々木先生からです」

「佐々木先生から？　患者さんの転送依頼かな」

救命救急センターに患者の収容を要請してくるのは、救急隊からだけではない。

通常の救急患者は、近隣の一般救急病院を受診しているのであるが、中にはそうした救急病院では手に負えないような程度の急患まで紛れ込んでくる可能性がある。そんな患者たちは救命救急センターに転送されることとなる。高度な設備を揃え、救急医療の「最後の砦」と自負している救命救急センターにとっては、まさしく腕の見せどころというわけである。

「江東橋の佐々木です、いつもご迷惑をおかけします」

「いえいえ、こちらの方こそいつもお世話になります」

「さっそくですが、先生、患者をお願いしたいと思いまして」

患者は二十五歳の男性で、昨夜、江東橋病院に倦怠感を訴えて来院した、ということであった。

「最初は単なる風邪かと思ったのですが、採血をしたところ、ＧＯＴが一五〇、ＧＰＴが一二七と上昇していたものですから、すぐに入院させたんです」

「急性肝炎ですか」

受話器片手にメモをとる。

「ええ、それがですね、今朝になってから意識の方が少し悪くなってきまして、見当識障害がでてきちゃったんですよ」

「なるほど、で、先生、今朝の採血のデータはいかがでしょうか」

「はい、えーと、GOTが一五三〇、GPTが六八一とはね上がってきてます」

「わかりました、先生、後はこちらで引き受けますので、救急車で転送して下さい」

「よろしくお願いします」

受話器を置き、救命センター内のベッドの配置を確認する。

「おおい、七号室のベッド、用意しといてくれ」

「なんの患者さんですか、先生」

婦長と若い医者たちが集まってくる。

「データを見てみなきゃはっきりしたことはまだ言えないが、劇症肝炎だ、おそらく」

＊

肝炎とは、何らかの原因により肝臓の細胞が障害を受けて壊死《えし》してしまう病態である。その原因としては、A型、B型、C型といった肝炎ウィルスや、アルコールの多量摂取、あるいは薬剤などがあげられる。さらにその病態によって、急性肝炎と慢性肝炎に分類される。

通常の急性肝炎では、肝細胞の壊死は軽度であり、短期間の内に肝細胞が再生し治癒することが大半であるのだが、そのうちのごく少数に、劇症肝炎と呼ばれるタイプの患者がいる。

このタイプは、短時間の内に肝細胞の多くが壊死してしまい、そのために、肝臓の機能がダウンし、肝不全と呼ばれる状態に陥ってしまう。その結果、それこそ劇的に、あっという間に死亡してしまうことになるのだ。

「じゃあ、もしこの患者さんが、劇症肝炎だとしたら、打つ手はないんでしょうか、先生」

研修医たちが集まってくる。

「いや、そんなことはないさ、うまくいけば助かる場合もあるよ」

肝不全になってしまっても、肝臓の働きを何らかの方法で補ってやることができれば、生命を維持することができる。そうやっている間に、うまく肝細胞が再生してくることができれば、たとえ劇症肝炎といえども、助けることができるのだ。

「ダウンしてしまった肝臓の働きを補うっていうのが、つまり、劇症肝炎に対する治療ってことですね」

「治療というのは正確じゃあないな、肝臓そのものが再生するのは、患者本人の力なんだ、せいぜい俺たちができることは、時間稼ぎだってことだよ」

何のことはない、我々にできることはじっと待つことだけなのである。しかしその間、患者になりかわって、その肝臓の働きをカバーしてやらなければならない。それが大事《おおごと》なのだ。

肝臓は一大化学工場だと言われる。健康な生命を維持するために、いまだ解明されていないようなものも含めて、実に多くの働きを、不断にこなしている。それとは対照的に、生命の源としてシンボリックにとらえられる心臓なんて、たかだか血液を全身に送り出す単純なポンプにしかすぎない。早い話、心臓は、機械を用いてその働きを補うことが容易にできるのであるが、肝臓ではそう簡単にはいかないのだ。

劇症肝炎に対する治療、すなわち時間稼ぎは血漿交換《けっしょうこうかん》ということが基本となる。この血漿交換というのは、患者の血漿と健康な人間のそれとを入れ換えようというものである。

血漿とは、血液のうち、赤血球や白血球などといった細胞成分を除いた液体成分を指すのであるが、肝臓の全身への働きかけは、端的に言えば、この血漿を通して行われている。つまり、劇症肝炎に陥ってしまった患者の血漿はとても使いものにならないものだというわけである。そのとても使いものにならない血漿を患者の体内から抜いて、健康な人間のそれを代わりに投与してやることがすなわち血漿交換という療法である。この汚れた血漿を患者の血液中から除去するのには、大がかりな体外循環装置（血液を体の外に抜いて再びもとに戻す装置）と多くの人手が不可欠であるため、どうしても救命センターのようなところで行われることが多くなるのである。またその際使われる健康な血漿は、献血で賄われるのであるが、その量は一回につき四十から五十人分にも及ぶ膨大な量である。それが何度も繰り返されるわけであるから、用いられる血漿はべらぼうな量となる。

「おそらく血漿交換を行うことになるはずだから、体外循環の用意と輸血科への手配をしておいてくれ」

いつもの、一刻一秒を争う交通事故などの場合とは違って、患者の周りでバタバタすることはほとんどないのだが、患者のベッドの周囲にはいくつもの高度な医療機器が据え付けられ、患者の容態を二十四時間監視すべく医者が張り付くことになった。

＊

「先生、息子はどうなんでしょうか」

翌日患者の母親が上京してきた。すでに初老といっていい年恰好である。

「ご主人は」

「はあ、一昨年《おとYし》亡くなりました」

「お子さんは」

「はい、あの子一人なんです」

どうやら、結婚後何年も経てようやく授かった子どもらしい。

「そうでしたか……」

「で、見通しはどうなんでしょうか、先生」

「ええ、先ほど申し上げましたように、息子さんは、肝炎の中でも予後《よご》の非常に悪いとされる劇症肝炎のタイプなんです」

「げ、劇症……なんですか」

「劇症肝炎が、どういう病気かご存知なんでしょうか」

不安げに母親が顔を上げる。

「はあ、以前知り合いがそんな病気にかかって死んでしまったことが……何でも、必ず死んでしまう肝炎だと……」

消え入りそうな声である。

「いえいえ、そんなことはありません」

「と、言いますと」

「いいですか、劇症肝炎と言っても、すべての患者が助からないわけではないんです、特に急性型の場合、数日間、血漿交換療法などでなんとか乗り切れれば、何の後遺症もなく治癒してしまうケースがかなりあるんです」

「息子の、息子の場合は、どうなんでしょうか」

母親の声が大きくなる。

「実は……、息子さんの場合は、亜急性と呼ばれるタイプです」

「亜急性……」

「残念ですが、急性型に比べると、とてもたちが悪くなります」

「…………」

母親の肩ががっくりと落ちた。

「血漿交換療法などで延命はできるとしても、最終的には最悪のことになってしまう率が非常に高いんです」

「最悪のこと……先生、何とかあの子のことを助けてやって下さい、お願いします、なんでもしますから、先生！」

母親の顔は、涙でくしゃくしゃになっている。

「もちろんできるだけのことはします、ただ一つだけお話をしておかなければならないことがあります」

「な、何でしょうか」

「肝臓移植の話です」

劇症肝炎の亜急性型の場合、その治療法の中に肝臓移植というオプションが入ってくる。たとえ血漿交換療法などで時間を稼いでも、破壊された肝細胞が再生してこないような亜急性型の劇症肝炎の場合、その肝臓には見切りをつけるしかないのだ。再生力がなくなって使いものにならなくなった肝臓を、生きのいいそれと取り替えてやること、それが肝臓移植というわけである。

「問題は、肝臓の提供を誰から受けるかということなんです」

もちろん、脳死状態の患者から提供を受けるのが理想であるが、それこそ、宝くじに当たるよりも可能性が低いといってもいいだろう。

「ええ、だから一般的に、ご家族からの肝臓提供が可能かどうかを探ることが多いんです」

いわゆる生体肝移植というものである。健康な人間からその肝臓の三分の一程度を摘出し、それを患者に移植するのだが、うまくいけば、どちらの肝臓も再生し、双方の生命が助かるという方法である。

「息子さんの場合、生体肝移植の可能性も視野にいれておかなければならないと思います、お母さん、よろしいですか」

「先生、とにかく、息子を、何とか助けて下さい、お願いします！」

＊

連日、血漿交換療法をはじめとする濃厚な集中治療が続けられた。しかし、予想されたように経過は思わしくはなかった。

「どうだい、あの患者は」

「はあ、血漿交換で何とか意識レベルは維持できてるんですがね、やっぱり、肝臓の再生はないみたいですね」

肝臓が司《つかさど》っているのは、肉体的な健康だけではない、清明な意識を保つためにもその働きが欠かせないのだ。肝臓は体内で生成される毒物を解毒しており、その働きがダウンすると肝性昏睡と呼ばれる意識障害が出現することになるのである。受け持ちの話では、血液データの改善は依然として認められなかったが、面会時間にかかさず訪れる母親との間では、十分に意思の疎通ができているということであった。

「とすると、やっぱり移植しかないか」

「はい、大学の方にはすでに情報を入れてあります」

「そうか、で、誰から肝臓を提供してもらうことになりそうなんだい？」

「そこなんですよ、問題は」

母親の話では、息子のために肝臓を提供しようなんぞという身内はおらず、母親である自分の肝臓をぜひ使ってほしいということであった。

「え? あの母親かい? そりゃ無理だろう、だって年齢的にもきついし、あんなに小柄じゃないか、どう考えても肝臓のサイズが合わないと思うが……」

生体肝移植を実施するにあたっては、提供される肝臓の機能や血液型などが重要なのであるが、なにより問題となるのは、肝臓の大きさである。小さな子供のために大人の親から肝臓を一部分とってくるという場合は、サイズの上からいって最も安全にできるケースなのであるが、今回のような場合は非常に難しいとされる。

「そうなんです、大学の方でもそういう判断をしているようなんですが、母親がなんとしても自分の肝臓を使ってほしいと譲らないものですから、肝臓提供者として使えるかどうか、いま最終的な検査をしてもらっているところです」

田舎には大勢ご親戚の方がいらっしゃるのではないのですか、と水を向けてみても、母親は頑として、自分以外の人間から肝臓をもらうわけにはいかないんだと言い張った。

「きっとなにか事情があるんでしょうが、そこまでかたくなだと、こちらとしてもそれ以上は言えませんからね」

たとえ主治医といえども、踏み込めない家族関係というものがあるのだ。そうであればこそ、母親にすれば、たとえ自分の命と引き換えにしてでも、という思いなのだろうが、しかし、そんなことがおいそれと許されるはずもない。

そんな母親の思いを知ってか知らずか、患者の顔は、徐々に黄色みがかったものになってきた。黄疸である。やはり肝臓機能の改善が認められないのだ。

　母親の懸命の看病や、若い医者たちの昼夜を分かたぬ集中治療にもかかわらず、患者の病勢は相変わらず一進一退を繰り返していた。しかし、その患者の意識だけは、驚くほど保たれていた。

「いかがですか」

「は、はい……か、体が、だるくて、だるくて……」

「ここがどこかわかりますか」

「び、病院、墨東病院……」

　かすれ声ながらも、こちらの質問には的確に応えてくれる。

「ね、先生、こんなに意識がはっきりしているんですもの、大丈夫ですよね、きっとうまくいきますよね」

　母親の顔は期待に満ちている。

「うん？　え、ええ、まあ、そうだといいんですが……」

　大学から連絡があったのは、それから数日後のことだった。

「どうだ、大学の返事は」

「それが……」

「なんだ、ダメなのか」

「ええ、とても条件が悪いようです」

「そうか、しかたねえな」

家族の中で提供できるのが母親だけだとすると、やはりその年齢、体格からいって臓器提供者になることは不可能だという判断であった。

「しかし、それだけじゃないんです、実は患者の状態があまりよくないというんですよ」

移植手術をするには、患者の容態があまりにも悪すぎるということであった。確かに、経過中に肺炎も併発し、肝臓機能だけでなく、腎臓の機能まで怪しくなってきているのだ。これでは、たとえ移植手術が無事終了したとしても、その後の経過はとても厳しいものにならざるを得ないと思われる。

「もう少し患者の状態がよくならない限りは、生体肝であろうと脳死肝であろうと、無理だということでした」

「そうか、そりゃ残念だが、それなら母親の方は、まだ救われるな」

「は？」

患者自身の条件が悪いということは、自分がもう少し若ければ、あるいはもう少し体格がよければこの子を助けられたのにとか、親戚に頭を下げられなかった自分のせいだ、なんぞと母親が自分自身を責めなくてすむということを意味する。

「なるほど」

「で、どうするんだ、これから」

「はあ、問題はそこなんですよね」

若い医者が、思案顔で腕を組む。二週間近くも血漿交換療法をやっても肝臓機能が回復せず、そして肝臓移植の道も閉ざされてしまっている亜急性型の劇症肝炎――その患者に残されているのは、やがて間違いなく来るであろう死ということだけなのだ。

「そうなんです、奇蹟ということがあってもいいとは思うんですがね、それはやっぱり奇蹟なんですよ、いまの状態は、どこの教科書、文献をどうひっくり返してみたところで、やっぱりお手上げ、時間の問題だということなんですよ」

「そうだな」

「だから困っちゃってるんですよ」

「ん？」

「だって、いま、我々がやってるのは、延命行為でしかないんですからね、どこかで打ち切らなければならないんですよ」

若い医者の言う通りである。受け持ちの医者として、もうなす術《すべ》がなく、死の訪れることが時間の問題となっている時に、それこそ、徒労だとわかっている治療行為を盲目的に続けることは、科学者の端くれと自負している医者にしてみれば、やはり忸怩《じくじ》たるものがある。

しかし、同時に医者であるが故に、徒労だとはわかっていても、それを続けることの意味も見いだし得るのである。

「ええ、ベッドサイドに張り付いている母親の顔を見てると、もうお母さん、ダメです、あきらめて下さい、とは、やっぱりなかなか言えるもんじゃあないですよ」

受け持ちはよくわかっているのだ。血漿交換療法をやっている間、患者は確かに意識がある。しかし、それをやめたら翌日には間違いなく昏睡状態に陥り、そしてあっという間に命をもっていかれるはずであるということを、十分に知っているのだ。

しかし、若い医者の思案している理由はそれだけではない。もし、今のような血漿交換療法を中心とした治療を、この先一週間も続けるとすれば、下手《へた》をすると医療費が一千万円を超えてしまう可能性もある。しかも、通常劇症肝炎の治療に際して血漿交換療法が認められるのは、保険診療の場合せいぜいが一週間以内なのである。たとえ、移植治療の可能性を模索していたんだという弁明をしたところで、診療報酬の請求に際しては、百万単位の大幅な査定は覚悟しなければならない。そしてそれは間違いなく病院の持ち出しとなるのである。

「うん、間違いなく、こりゃあ、相当査定を喰らうぜ」

いずれの病院でもそうだろうが、若手の医者たちがその患者にどんな治療を行っているのかは、常に先輩の医者から監視を受けているはずである。研修医の指導を行っているような病院であれば、なおさら細かいチェックが入る。

この患者の現在の問題点は何か、それを解決するためにはどうしたらいいのか、なぜこの薬剤を使うのか、なぜこの投与量なのか、いつまでその方針を続けるのか、などといったことが、理詰めで議論されていく。すべてが、しかし、理屈通りというわけではない。

――そいつはダメだな

――どうしてですか、先生、だってこのデータからすると……

――保険で認められてないんだよ

――そんなあ、おかしいですよ、医学的に正しいことなのに保険で認められないなんて、そりゃ保険の方が間違っているんじゃないんですか

こういう若手の主張には、確かに、一理も二理もある。しかし、医学的に正しいと考えられるということと、保険診療行為として妥当であるということとは、必ずしも同じではないのである。

もちろん保険で認められている大半の医療行為は、医学的に妥当性のある根拠を有しているはずである。しかしその反対に、実際の臨床の場で多くの医者が有効であると実感している医療行為ではあっても、医学界の中で見解が統一されていない場合や、その療法の有効性についての客観的な検証がまだ行われていないといったような場合には、保険としてその医療行為を認めないということが、ままあるのだ。

また、そうした医学的な議論とは別に、医療保険には、当然のことながら医療経済的な観点や、医療政策的な思惑が大きく関与してくるのである。たとえば、どこまでが保険でカバーするべき疾病であるのか、あるいは、保険がカバーするべき割合はどれほどとすべきであるのか、それはすなわち患者の自己負担分を如何《いか》ほどにするのかということなのであるが、そういったことは、その時どきの日本経済の実力によって左右されるばかりではなく、保健

政策などといった大所高所からの視点によっても大きく変わってくるのである。

——わかった、わかった、おまえさんたちに、病院経営のことなんぞを心配してくれとは言わねえさ、査定のことなど気にするな、いま目の前にいる患者の病態からみて、おまえさんたちが医学的に絶対必要だと思う治療は、その確信さえ持ってるんだったら、保険からはずれるようなことをやってもかまわん

日本の医学教育の中に、医療行為のコストパフォーマンスという面を考える視点がほとんどないと指摘されて久しいが、しかし、若手の医者を預かり、臨床医として育て上げなければならない立場の人間ともなれば、こんな啖呵を思わず切ってしまうこともしばしばである。しかしその反面、病院の経営陣から苦言が呈されるであろうことは覚悟しなければならない。臨床の先輩として、若手の心意気を感じとれるだけに、まさしくそれは、中間管理職の悲哀といったところであろうか。

「いやあ先生、なにも医療費や査定のことなんかを心配してませんよ、自分のふところがいたむわけじゃないんですから」

どうやら最近の若手は、上司の置かれた板挟みの立場なんぞに、あまり気を遣ってるふうではないようである。

「じゃあ、何が問題なんだ」

「ええ、今やっている治療を打ち切るべきなのかどうかがわからないんです」

若い医者の顔が曇る。

「ん？」

「劇症肝炎の場合、肝臓移植にもちこめなかったり、血漿交換療法などで時間を稼いでいる間に、破壊された自分の肝臓が再生してくるということがなければ、打つ手がありませんよね」

「教科書的にはそうだよ」

「しかも、肝臓が再生してきて助かるような患者の場合は、その再生機転がほとんど数日以内に始まってくるのが確認されるはずですよね」

「うん、だから、保険で認められる血漿交換療法は、せいぜいが一週間ぐらいなんだよ」

「だとすると、肝臓移植の道が閉ざされ、血漿交換や肝臓の再生を促進するといわれているような治療を、すでに二週間以上も続けているにもかかわらず、未だに肝臓再生の気配が認められないこの患者さんの場合はですね、十中八九……」

「そうだな、アウトだと思う」

「ええ、私もそうだろうと考えているんですが、だから先生、困っちゃってるんですよ」

受け持ちの医者が、カルテの頁をめくっていく。

「血漿交換をやっている間は、この患者さん、ベッドサイドからの母親の呼びかけでなんとか開眼するぐらいの意識は、辛うじてあるようなんです」

さらに頁を繰っていく。

「それとですね、血漿交換療法をやっていると、種々のデータが、数字としてはそこそこいい値が出ちゃってるんですよ」

何時間もかけて、健康な献血者からの血漿と患者のそれとを入れ換えるのである。検査ではじき出されてくるデータが、正味どこまで患者自身の実際の状態を反映しているのか疑問ではあるのだが、しかしながら、血漿交換を始めとする現在の治療を続けている限り、たとえ細々とではあっても、患者の命を長らえさせることができているというわけである。

「そうなんです、はっきり言っちゃえば、肝臓移植や肝臓再生という次のステップにうまく進めなかった劇症肝炎の患者さんの場合は、早々に命を落としてしまうはずなのに、本来はつなぎの手段でしかない血漿交換という方法で、この患者さんは生き続けちゃってるんです」

ふうっと一つため息をついて、受け持ちはカルテを閉じた。

「そのつなぎの手段を、いつまで続けるべきかってことなんだな」

「ええ、いや、あくまでそれをつなぎの手段だと考えるならば、問題は、いつそれを打ち切るのかってことなんです」

受け持ちは腕組みをして、床に視線を落とした。このマニュアル世代の若い医者が逡巡《しゅんじゅん》するのも、実は、仕方のないことかもしれない。何故って、教科書に従えば、この劇症肝炎の患者、よくなっているか、それともすでに死んでしまっているかのどちらかでなければならないのだから……

＊

現代医学は様々なテクノロジーを生み出し、それを駆使している。集中治療室には、人工呼吸器、人工心肺装置、低体温装置、あるいは血漿交換や人工透析に用いる体外循環装置などなど、多くの電子機器がひしめいている。例えば、人工呼吸器は酸素を取り込めなくなった肺を、人工心肺装置はパワーの出なくなった心臓を、体外循環装置は破壊された肝臓や腎臓をサポートするために用いられる。

しかし、医者の役割は、患者自身の臓器の機能を回復させることなのであって、決してこうした機器類で代用させることではない。本来そうしたテクノロジーは、健康を取り戻すためのつなぎでしかないのだ。別の言い方をすれば、治療によって改善が期待され、そうした機器類から離脱することのできる患者にしか、用いてはならないはずのものなのである。

だが、そうした機器類の持つ力に魅せられてしまっている浅薄な医者たちは、後先《あとさき》を顧みずにそんなテクノロジーに、ついつい手を出してしまう。その結果が、二進《にっち》も三進《さっち》も行かなくなった、例えばこの受け持ちである。

「そうなんです、この患者さんのことをどうしたらいいのか、考えあぐねちゃったんです」

目の前には、しかし、その考えに左右されてしまう、実際に生きている患者とその家族がいるのだ。

「それでですね、あの母親に息子の治療方針を選択させようかと思ってるんですよ」

「な、なんだって！　おまえさん、それがどういうことを意味してるのか、わかってんのか！」

目を吊り上げた先輩医師の突然の大声に、若い医者は、一瞬、後ずさった。

＊

血漿交換に用いられる血漿の量を、数日前から徐々に減らされてきた、あの亜急性型劇症肝炎の患者が息を引き取ったのは、それから二週間後のことであった。その母親は、長い間先生方にたいへんお世話になりありがとうございましたと言い残し、全身が黄色くなってしまった息子の遺体と共に病院を後にした。

保険請求の審査で、巨額の査定を受ける羽目に陥ってしまったのは、大方の予想通りである。

「これでよかったんでしょうか、先生」

「ん？　査定額がかい？」

「いいえ、そうではなくて、あの患者の治療方針がですよ」

受け持ちの、あの若い医者は、どうやらまだ納得がいかないようである。

「おまえさん、あの患者のその後の方針をその母親に選択させるんだといってたけれど、それがどういうことなのかわかってたのかい？」

「はあ……私としては、自分で決められなかったので、それなら母親の気の済むように選択させるのがよいのかなって、そう考えたんですが……」

「この大バカ野郎！　何が気の済むようにだ、おまえさんがやろうとしていたことはだな、いいか、こともあろうに、実の息子の引導《いんどう》をその母親に渡させるってことなんだぞ、わかってんのか！」

あの時に課せられていたのは、生きているのか死んでいるのか、テクノロジーが現出させたなんとも中途半端な命の幕を、如何におろすのかという選択だったのである。そして、その選択を引き受けなければならなかったのは、そんな不幸を生み出した現代医学の一端を担っている我々自身なのである。それは、しかし選択なんぞというしゃれたものではなく、主治医こそが背負わなければならない重大な責任というものだったのだ。

「ところで……もし母親に選択させて、これまで通りの治療をこのままとことん続けて下さいって言われたとしたら、おまえさん、いったい、どうするつもりだったんだい」

「はあ……万が一そうだったとしたら、きっとあのまま血漿交換療法を続けていたでしょうね、もちろん、病院は大赤字になってしまったんでしょうけどね」

ええい、こんな無責任な大バカ野郎は、病院から放り出してしまえ！

兵庫県の出身ということで、下町の救命センターから救護班として神戸に入ることを命ぜられたのが、ついこの間のことのように思われるのだが、早いもので、阪神・淡路大震災から、すでに六年以上（二〇〇一年現在）も経ってしまった。

この次は間違いなく東京だという思いから、その年以降、東京都でも災害時のマニュアルの見直しが、急ピッチで行われてきている。医療の分野でも、神戸での教訓を踏まえて、衛生局を中心に「災害時医療救護活動マニュアル」をはじめとする、いくつかの手引き書が作成された。

その中に、『トリアージ』という日常生活ではあまりお目にかからないようなことが、詳しく取り上げられている。

『トリアージ』という言葉は、古くは羊毛やコーヒー豆などを、その等級ごとに「選別」あるいは「分別」するという意味であったものが、時代が下って、軍隊用語として戦場で使われるようになったものらしい。軍隊でもやはり「選別」ということを意味するのだが、その対象は、最前線の戦闘で傷ついた兵士たちである。

医療資器材が十分に調達できない前線では、傷病兵に対して応急処置的なことしかできないわけだが、兵士たちの傷の具合が、その程度の治療で再び戦闘に参加できるほどの軽症なのか、それとも、前線を外してそれなりの医療設備が整ったところへ搬送してやらなければならないほどの重症で、ちょっとやそっとでは前線に復帰ができないぐらいのものなのか、それを見分けるのが軍隊での『トリアージ』ということなのである。早い話、『トリアージ』というのは、軽症者は現場で治療し、使い物にならない重症者は銃後の病院へという、いわば適材適所の発想から生まれた、戦場で傷ついた兵士を最も効率よく再利用するための方法論だったわけである。

昔の白兵戦の時代の話であるから、ひとつの戦闘で、傷ついた兵士が同時に大量に生じることになるのだが、このような事態は、ちょうど、大地震などの災害で、大量の傷病者が発生するのとよく似た状況だと言える。そのような意味で、災害医療は戦時医療に通ずるものがあると考えられているのだ。そのよい例が、この『トリアージ』という考え方である。短時間のうちに大量に発生した傷病者を、少ない医療資源の下で、効率よく治療していくにはどうすればよいのかという災害医療の視点に、軍隊での『トリアージ』という方法論を持ち込んだのである。

もちろん、戦場でのそれとは違い、限られた医療環境であっても、一人でも多くの傷病者が助かるようにするというのが、その目的である。

言うまでもなく、たとえ大災害の時といえども、真っ先に手当が必要となるのは、今すぐ治療を施さなければ命に関わるような緊急度の高い重症者であるはずなのだが、しかし大災害の現場で、そうした重症患者が適切な医療を受けられるということは、実はそんなに容易なことではない。というのも、災害現場には、重症者の何十倍あるいは何百倍もの数にのぼるであろうかすり傷や打撲程度の軽症の患者が存在するからである。しかも、さらにやっかいなことに、こうした患者の多くが、軽症であるが故に、真っ先に医療機関に押し寄せてきてしまうからである。

もし、医療機関にやって来た順に患者を診療していくとなると、本来直ちに治療を施さなければならない重症患者が、適切な医療を受けられないまま、無駄に命を落とすことになってしまう可能性が高い。つまり、災害現場で傷病者にまず行うべきは、傷病者の重症度を判断し、治療の優先順位を決定することであり、これがすなわち災害医療における『トリアージ』なのである。

さて、そのトリアージ・マニュアルによれば、押し寄せてくる傷病者を、そのまま医療機関の中に招き入れるのではなく、まずはその重症度を判定すべき場所（トリアージ・エリアという）に誘導し、トリアージ担当者（トリアージ・オフィサーと呼ばれる）が各々の患者の症状をチェックすることとなっている。

トリアージ・オフィサーは、短時間（一人数十秒から数分以内）のうちに、それぞれの患者の緊急度や重症度を判定し、その判定結果が誰からでも一目でわかるような目印を、患者に次々と付けていく。トリアージ・タッグと呼ばれるこの目印は、長さ二十センチ、幅十センチほどの厚手の紙でできたカードである。このカードには患者の名前や症状が書き込めるようになっているのだが、最も大きな特徴は、カードの下三分の一に彩色が施されていることである。

この部分はカードの下縁から順に、緑、黄、赤、黒の幅二センチほどの帯のように色づけされており、各々の色の間にはミシン目がつけられている。ちょうど、回数券か何かのように、そのミシン目でもぎることができるような構造になっているのだ。実は、この色に大きな意味がある。

赤色は最優先治療群（重症群）と分類された患者で、生命を救うために直ちに処置を必要とする状態にあることを意味している。黄色は待機的治療群（中等症群）と呼ばれる患者で、生命の危険が少なく、治療に多少の時間的余裕が許される状態であることを指している。緑色は保留群（軽症群）の患者で、ほとんど専門医の治療を必要としない程度の傷だということである。最後の黒色は死亡群であり、その名の通りに、既に死亡していることを示している。

例えば、黄色だと判断された患者は、そのトリアージ・タッグの、一番下の緑色の帯の部分をもぎり取られることになり、赤色だと判断されれば、黄色と緑色の二本の帯がもがれるのである。つまり、トリアージ・タッグの一番下の帯の色がすなわちその患者の現在の状態を表している、という仕組みなのだ。

トリアージ・オフィサーによって次々にもがれていくトリアージ・タッグは、それぞれの患者の手や足に紐でくくりつけられていくのだが、このタッグは、例えば次のように利用される。

「トリアージ・タッグの色が緑の患者さんは、自力で歩けるはずですから、こちらのテントに来てください、消毒薬や絆創膏、包帯などを準備してありますので、自分で手当して下さい」

「タッグが赤色の人はそこで待っていて下さい、直ぐに担架で病院の中に担ぎ込みますので」

災害現場では、押し寄せてくる傷病者をこうしたトリアージ・タッグにより分類・整理し、効率よく手当して、一人でも多くの患者の命を救おうというわけである。

毎年のように行われる防災訓練には、こうしたトリアージ・マニュアルに沿ったセッションが必ず存在する。多人数の患者を素早く的確にトリアージしていくことが、いかに重要であるかということを、訓練に参加している医療関係者に徹底させるためである。

そこでは、できるだけ実際に近い臨場感を現出させるべく、傷病者役の人間に対して入念な特殊メークが施される。それは、一見しただけでは、頭が割れて血が流れ出しているのかと思ってしまったり、本当に脚の骨が折れて飛び出しているのではないかと思わず錯覚してしまうほどの、迫真のメーキャップである。

さらに、そんな見た目のことだけではなく、傷病者役には、たとえば、もっと高度なこんな演技が要求される。

「おい、何やってんだ、早く病院の中に入れろよ！」

「何で、俺が後回しにされるんだよ、ふざけるな！」

「緑色じゃなくて、赤色でしょ、だってこんなに大きな瘤があるのよ、私の頭！」

こんな具合に大声で喚《わめ》きながら、傷病者役が、トリアージ・エリアの中でトリアージ・オフィサーに、それこそ実際に摑みかかっていくのだ。

軽症の患者ほど声が大きく、そしてその要求が多いという、過去の災害現場で実際に見られた言動を傷病者役の人間にさせることによって、現場のパニック状態を再現するのである。その中で、災害現場では冷静に対処することが、如何に難しいかということを、トリアージ・オフィサーを務める人間に認識させるためである。

トリアージ・マニュアル曰く、「災害発生時、トリアージの主体になるのは医師であれば誰でもよいというわけではなく、傷病者の緊急度や重症度を短期間内に判断するためのトレーニングを積んだもので、尚かつ強い決断力を有するものでなければならない……」

＊　　＊　　＊

「おい、おまえさん、この救命センターにきて、どれぐらい経ったっけ？」

「はあ、来月で一年になりますが……」

「ということは、そろそろ救命センター務めの年季が明けるっていうことだな」

いつものように、医局で午後のコーヒーをすすりながら、若手の研修医をつかまえる。

「それでどうなんだ、少しは役に立っているのかい、ここでの研修は」

「ええ、そりゃあもう、ここでは本当にいろいろと勉強になりました」

「そうかそうか、そりゃよかった、それじゃあ、その一年の成果を見せてもらわないといけないよなあ」

「は？」

「いや、なに、救命センターの卒業試験をやるだけだよ」

「そ、卒業試験？」

救命センターには、医者のライセンスを手にいれたばかりの若い研修医が、初期研修を受けるために数多くやってくる。怪我や中毒などの外因性疾患から、クモ膜下出血や心筋梗塞、肺炎や消化管出血といった内因性疾患に到るまで、さまざまな急性疾患の病態を経験できる救命センターは、若手の医者にとって、確かに面白いところであるには違いない。

ここに半年もいれば、臨床医に必要な基本的な手技は、ほとんど一通り経験できると言ってもいいぐらいなのだが、そうした基本手技の集大成を、この研修医にやらせようという魂胆なのである。

「具体的には、何をすればいいんでしょうか、先生」

研修医が不安そうな目を向けた。

「なに、大したことじゃないさ、おまえさんにＣＰＡの患者を診てもらうだけだよ」

「なんだ、ＣＰＡですか」

若い研修医はほっとしたような声を出した。

ＣＰＡとは心肺停止状態、すなわち呼吸がなく脈も触れない状態にある患者のことを意味している。

心筋梗塞やクモ膜下出血、あるいは重症の喘息《ぜんそく》発作などといった疾病が、ＣＰＡの主な原因であるが、その他にも、高齢者が餅を喉に詰まらせてしまったとか、首を吊ったとか、あるいはプールで溺れた、火事場で煙に巻かれたなどというものもある。もちろん、外傷の場合もある。ＣＰＡで担ぎ込まれてくる交通事故の犠牲者は、大半が、首の骨が折れていたり、心臓や大動脈が破裂したりしている。

しかし、呼吸がなく脈が触れないとなれば、何のことはない、そりゃすでに死んでしまっているということじゃないのかと思われそうだが、実は、こうしたＣＰＡの患者の中には、やりようによっては蘇る者がいるのだ。ただ、「三途《さんず》の川」を渡りかけている人間を、こちら岸にむりやり連れ戻そうというのだから、やっぱり、それなりの術《すべ》すなわち蘇生術が必要となる。

救命センターは、その名が示すとおり、そうした蘇生のためのさまざまな方法が揃っており、ＣＰＡ患者の蘇生は、救命センターのもっとも得意としなければならない守備範囲の一つである。実際、この下町の救命センターにも、毎日のように、何人ものＣＰＡ患者が担ぎ込まれてくるのだ。

「おまえさんだって、CPAの患者さんには、ずいぶんと世話になったんだろ?」

実は、CPA患者を蘇生するための手練手管《てれんてくだ》の中には、若い医者たちがマスターしなければならない基本的な手技が凝縮されている。例えば、気管挿管、中心静脈カテーテルの挿入にはじまり、胃管挿入、膀胱内カテーテルの留置はもちろん、動脈ライン挿入や胸腔ドレーンの挿入、果ては開胸心臓マッサージ、気管切開、大動脈遮断にいたるまで、それこそ研修医向けのマニュアル本にでてくるような必須の救急手技が、大半含まれている。

患者たちにとっては迷惑な話だろうが、正直なところ、CPAの患者は、そうした手技をマスターする上で恰好の素材なのである。もちろん初心者の間は、上級の医者が傍につき、それこそ手取り足取り、「この下手くそ!」と罵声を浴びせながら技術を習得させ、多くの経験を積ませていくのである。

「つまり……蘇生術を通して、基本的手技がマスターできているかどうか、チェックしようというわけですね、先生」

そんなことならお安いご用、とでもいうように、研修医は胸を張った。

「いやいや、おまえさんが、いろいろなことを上手くできるっていうことは、もうよく知ってるよ」

「は? それじゃあ、いったい……」

研修医は、再び怪訝な顔を向けた。

「いや、なに、蘇生チームのリーダーをやってくれればいいんだよ」

「リーダー……をですか、先生」

　ＣＰＡの蘇生には、多くの人手を必要とする。大勢の医者や看護婦たちが患者を取り囲み、間髪を容れずに様々な処置を施していくのだ。一人のＣＰＡ患者に、どれほどのスタッフをつぎ込むことができるのかが、救命センターの実力のバロメーターともいわれているほどである。

　しかし、各人がバラバラな動きをしていては、それこそ蘇生できるものも蘇生しなくなってしまう。そこには、強力なリーダーシップを持ったチームリーダーが不可欠なのだ。

「だけど、チームリーダーは、一番経験のある年長者がやりますよね、いつも」

「別に、そうしなければならないという決まりはないよ」

「はあ」

「むしろ、ＣＰＡの蘇生に関しては、誰もがチームリーダーになれなければならないということなんだよ、だから、その役割ができれば、おまえさんも、救命センターの初期研修を、無事卒業というわけさ」

＊

「助け上げた通行人によれば、岸に引き上げた時には、まだ、あえぐような動きがあったっていうんですがねえ……」

　研修医の卒業試験は、数日後にやってきた。試験問題は、六歳の男の子である。

　いつものように、救急隊が心臓マッサージと人工呼吸を施しながら担ぎ込んできた患児は、自宅のあるマンションのそばの親水公園で発見された。公園内を流れる川の水面に浮いていたということであった。救急隊が駆けつけた時には、すでにCPAの状態であり、直ちに心臓マッサージと人工呼吸を開始したと、額から汗を滴らせながら、救急隊長が報告した。

処置室のストレッチャーの上には、泥水がしこたま染み込んだTシャツ、半ズボン姿の小さな男の子が横たわっている。その周りを、幾人もの医者が取り囲んだ。

「直ぐに服を切って！　それから心電図モニターの電極を！」

チームリーダーに任ぜられた研修医が、次々に指示を出していく。

「先生は、そのまま心臓マッサージを続けて下さい」

「はいよ」

「先生は、気管挿管、お願いします」

「わかった」

「それから、先生は、静脈ルートを確保して下さい、ついでに採血も」

「ほいきた」

中堅どころのスタッフが、研修医の指示通りに動いていく。

「心電図はどうですか？」

「やっぱ、フラットだな」

「瞳孔はどうでしょう？」

「左右とも散大、対光反射もないね」

「わかりました、マッサージを続けて下さい、アドレナリンを用意して！」

「アドレナリンですね！」

復唱する看護婦の黄色い声が、処置室の中を飛び交う。

「気管内をよく吸引して下さい、だいぶ水を誤飲してるでしょうから、それから、ポータブルのレントゲン写真をオーダーして下さい！」

処置室の中は、いつもながらの喧噪と、患児から発せられる泥水の異様な臭気に包まれた。

「で、次は、どうすんだよ」

「そ、そうですね……」

研修医は、腕組みをしたまま、心電図モニターを見つめた。

先ほどまでの騒々しさが嘘のように、処置室の中には、心臓マッサージできしむストレッチャーの金属音と、それに同期した心電図モニターのピッ、ピッ、ピッという電子音だけが響いている。患児が担ぎ込まれてきてから、すでに三十分近くが経過していた。

「それじゃあ、また、アドレナリンを用意してくだ……」

「おいおい、この小さい体で、いったいどれぐらいアドレナリンを使えば、気が済むんだよ！」

心臓マッサージを続けている医者が、顔を上げた。

心臓が止まっている場合に、唯一用いられる薬剤がアドレナリンである。とは言っても、大量に使えば心臓の拍動が再開しやすくなるというものではない。

「そ、そうですよね……」

研修医は、頭を掻きながら、壁に掛かっている時計を見上げた。

「それじゃあ、そろそろ、終わりにした方がいいですかね、ここに運ばれてから、すでに四十分経ちましたから……」

そう言いながら、研修医は、部屋の中を見渡した。

しかし、他の医者たちは、研修医の言葉に応えることなく、心臓マッサージと人工呼吸を続けている。看護婦も、テーブルの上に視線を落としたまま、看護記録の記載を続けている。

数分間沈黙が続いた後、研修医が再び口を開いた。

「あのう……四十五分近く経っても、心臓が全く反応しませんし、それに、先生、ここに着いた時の最初の血液データからすると、どうやら三十分近くは、呼吸をしていなかったようですから……」

「だって溺水だろ？　まだ十分に体温も上がってないじゃないか、それに六歳なんだぜ、この坊やは」

心電図モニターを見ていた別の医者が、後ろから声をかける。

「は？」

「おまえさんの言ったデータだけで、蘇生の可能性がもうないって、ほんとに断言できるのかってことだよ」

「そ、そう言われると……」

「おまえさんが、責任を持つっていうんだな」

「せ、責任といわれても、ですね……」

「じゃあ、蘇生術をまだ続けるのか」

「は、はあ……」

「どっちなんだよ、いったい！」

「これ以上やっても、おそらく無理じゃないかというような気もするんですが……」

「だったら、どうするんだよ、え、はっきりしろよ！」

あちらこちらから、声が飛んでくる。

「ど、どうしましょうか、先生」

まわりのその勢いに気圧《けお》され消え入るような声をだしながら、研修医はあたりを見回した。

「おい、先生、先生って、いったい、おまえさん、誰に聞いてるんだよ！」

人工呼吸のバッグを押していた医者が、声を荒らげた。

「え？」

研修医に向かって人差し指を突き出しながら、その医者は続けた。

「いいか、おまえさんなんだぜ、チームリーダーは！」

ＣＰＡの患者に対して行われる心肺蘇生術は、ほぼ統一された手順というものがマニュアル化されている。薬剤の使い方、電気ショックのかけ方などなど、どの教科書を見ても、同じような記載がなされているのだ。しかし、その中に、歯切れの悪さということでは共通しているのだが、千差万別の表現で記載されていることがある。それは蘇生術の中止ということについてである。

どうやっても心拍が再開しない場合、いったい、蘇生術というものは、何時《いつ》まで続ければよいのであろうか、あるいは、どういう条件が揃えば、蘇生を断念することが許されるのであろうか。

例えば、いくつかの教科書には、以下のように記載されている。曰く、マニュアルに従って蘇生を行い、かつ心静止が持続する際は、蘇生術を中止する時期を考えるが、臨床的によく考えてから中止すべきである……、曰く、適切な蘇生法を十五ないし三十分行っても心拍の再開、自発呼吸の出現が見られない場合、ただし溺水、低体温などは除外する……、曰く、蘇生術に対する呼吸、循環、中枢神経の反応を見て、これに心停止前の日常生活状況、年齢、基礎疾患の有無などを加味して、医学的、倫理的、経験的にこれを総合判断する……

何のことはない、蘇生術の中止ということについては、コンセンサスが得られていないということなのである。

＊

「そうか、だいぶ、応えたみたいだな、奴《やっこ》さん」

「実は、まだ続きがあるんですよ、先生」

昼下がりの医局、中堅どころの医者が、昨日の卒業試験の顚末《てんまつ》を、「試験官」であるベテランに語っている。

「それが、先生、あの若いのが死亡確認するまでに、それからまだ、小一時間ほどもかかったんですよ」

「相当イジメたんだな、奴さんを」

「そんな人聞きの悪いこと、言わないで下さいよ、先生」

その医者は、コーヒーカップ片手にタバコを吹かしながら、話を続けた。

「実は、先生、家族なんですよ」

「家族？」

「いえね、ついに、我々の追及をかわして死亡宣告するという段になって、その家族を処置室に呼び入れたんですよ」

「その坊やのお母ちゃんかい？」

「ええ、父親には、まだ連絡がつかないっていうんで、病院には、母親しかきていなかったんですね」

「なるほど」

「その母親を、ストレッチャーの脇に呼んで、あの若いの、ひとしきり、これまでの時間経過を説明してから、しかつめらしい顔つきで、おもむろに壁の時計を見上げたんですよ、ま、そこまではよかったんですがね……」

コーヒーをひとすすりした後、フウと大きく一息ついて、身を乗り出した。

「それがですね、あの若いのが『では、死亡確認時刻は、午後……』って言いかけた途端、その母親が、急に大声で何事かをわめき始めたんですよ」

そして、今まさに、死亡宣告を下そうとしていたその若い医者の首を、まるで絞め上げてやろうとでもいうように、母親が飛びかかっていったというのである。

「いやあ、すごい勢いでしたね、我々も思わず、怯《ひる》んじゃいましたから」

身振り手振りを交えて、目を丸くしながら語る中堅どころの医者の表情から、処置室での狼狽ぶりが伝わってくる。

「そのお母ちゃん、いったい、なんだっていうんだい」

「それがですね、『この子が死ぬ筈などないじゃないか、何で止めるんだ、もっと治療を続けろ』って……」

最愛の我が子である、ついさっきまで元気に飛び跳ねていたのが目の前で死亡を宣告されようとしているのだ、そんな事態に陥っても平静を保っていられる母親など、世界中のどこを探してもいる筈はない。

「なるほどね、まあ、母親にすれば、ごくごく当たり前の行動だろうな」

「ええ、我々の方も、そう思って、直ぐに気を取り直したんですが……」

「で、どうしたんだい、奴さんは」

「いやあ、それがですね、傍目《はため》にもそれと判るほど動揺しちゃってですね、『マ、マッサージを続けて下さい、先生』って指示するんですよ、これが、ほんと、もう真っ青な顔で」

「ほう、で、それからどうしたの」

「だって、チームリーダーの仰せですからね、もちろん続けましたよ、蘇生術を」

中堅どころの医者は、半ば呆れたような顔で応えた。蘇生術が再開されるのを見た母親は、チームリーダーの研修医の胸ぐらから両手を離し、今度は、その手を子供の太股あたりに持っていって、盛んにさすりだしたということであった。

「何かに取り憑かれたみたいに、子供の名前を、マッサージのリズムに合わせて呼び続けているんですよ、その母親が」

「そりゃ必死なんだよ、お母ちゃんも」

よくある話だよと言いたげな表情で、試験官はコーヒーカップを口元に運んでいった。

「ええ、十分ぐらいですかね、そんな状態が続いていたんですが、ふっと見ると、若いのが凍りついちゃってましてね」

チームリーダーは、と見ると、ストレッチャーから一歩下がったところで腕を組んだまま、思案顔で立ちつくしていたというのである。

「だから、彼の背中にまわって、耳打ちしてやったんですよ、おい、おまえさん、いったいどうする気なんだよって」

背中を小突かれながら、耳元でささやかれたその言葉で我に返ったのか、チームリーダーは、子供にむしゃぶりついている母親に、その背中から声をかけた。

「あ、あのう、お母さん、さ、さっきもご説明しましたようにですね、坊や、だいぶ時間が経っちゃってるようなんですよね、で、ですから……で、ですね……」

母親は、蚊の鳴くような、研修医のそんな声には振り向きもせず、子供の名前を呼び続けていた。

鬼気迫る母親の姿に気圧されたのか、しかし研修医は、それ以上は何も言わずに、また一歩、後ろに下がってしまったということであった。

「三、四回続いたですかねえ、そんなことが」

半分泣きベソの研修医にかわって、中堅どころの医者がその母親を、力ずくで子供から引き離し、その前に立ちはだかったのは、母親が処置室に入ってきてから、三十分ほど経った頃だった。

「お母ちゃん、ダメなんだ、坊や、もう死んでるんだよ！」

その声が聞こえぬ振りをして、再び泣きわめきながら子供に取りすがろうとする母親を、医者が体を楯にして遮った。両手をあげたまま、抱え込まれたようになってしまった母親は、それでもその医者を押しのけようと、必死の形相で摑みかかろうとする。

「何度言ったらわかるんだ！　もうダメなんだよ、お母ちゃん、どうしようもないんだ、諦めるしかないんだ！」

処置室中に響き渡る怒声に、一瞬絶句した母親は、次の瞬間には、ひざから崩れ落ちて医者の白衣にすがりついた。

「おい、何時だ」

「あ、は、はい、ろ、六時……」

＊

患者の死亡を宣告するというのは、それほど簡単なことではない。

例えば、患者が癌の末期であったとしよう。しかも、その患者の主治医として、長年診てきた医者の場合なら、あるいは、その死亡宣告は、それほど難しいものではないのかもしれない。

その患者を取り巻く人間たちがすべてを了解し、お迎えの来るのが今日か明日か、などという時に訪れてくれた死ならば、その宣告というものは、むしろ心の安らぐ瞬間だろう。もっとも、付き合いの長かった人間が死んでしまうのである、やはりそれなりの感慨があろうとは思うが、医者が、死亡の宣告そのものに大きな不安を感じるということは、それほどないであろう。

ＣＰＡの患者の場合は、しかし、事情が異なる。え？　初対面の、しかも心臓も呼吸もすでに止まってしまった状態で担ぎ込まれてくるような患者なのだから、死亡宣告するのに、さほどの抵抗を感じることはないんじゃないかって？

百戦錬磨のベテランといえども、しかし、それほどまでに神経が図太くはできていない。

「そうなんです、先生、時々、怖い夢をみることがあるんですよ」

「夢？」

「いえね、自分の死亡宣告した患者が、実はまだ、ほんとは死んではいなくて、霊安室で息を吹き返すっていう……」

その中堅どころの医者にしても、誰もいなくなった霊安室で、遺体をこっぽりと包み込んでいる白いシーツが、突然持ち上がって、中から手が伸びてくるなんぞという光景を、何度か夢に見たというのである。

「おいおい、おまえさんでも、そんな夢を見るのかい？」

「ほ、ほんとなんですよ、先生」

実際のところ、ＣＰＡ患者の死亡宣告をする時に、いまだに脚の震えることがあるのだと、救命センター暮らしの長いその医者が、本音を語る。

「ひょっとすると、まだやれることが残っているんじゃないか、あるいは、もう少し蘇生術を続ければ、ほんとは蘇るのではないかっていうような思いに、どうしてもとらわれてしまうんです、これが」

ＣＰＡの患者の死亡宣告は、例えば癌患者の場合のように、それまでの病状を熟知した上での「看取《みと》り」とは全く違うのである。

「だって、それって、医者が奪い取ってしまうわけですよね、蘇生つまり生き残る可能性っていうやつを……」

医者が死亡を宣告しない限り、患者は生きているのであり、そしてどんなに小さくとも、蘇る可能性が存在し続ける。しかし、医者がその死を宣告した途端、蘇生の可能性は、間違いなくゼロになってしまうのだ。

「そうねえ、だからそれは、なんとしても主治医が下さなければならないものなんだってことなんだろうな」

家族がどんなに泣きわめこうが、どんなにすがりつこうが、絶対の自信を持って毅然と下す、それが救命センターにおけるCPA患者に対する死亡宣告というものなのである。

だからこそ、その死亡宣告は、「看取り」なのではなく「決断」でなければならないのだ。

「何度やっても、嫌《や》なもんですよ、先生」

「そうか、そりゃご苦労さん、まあ、しかし、いい卒業試験になったんじゃないのかなあ、奴さんにとっては……」

トリアージ・オフィサーの訓練には、実は、大声でわめき立てる無数の軽症患者、すなわちトリアージ・タッグで言えば、緑色に分類される患者たちとは違う、別のシナリオも用意されている。それは阪神・淡路大震災の時の、例えばこんなふうな場面の再現である。

「アカン！　この人、もう死んでしもてるで！」

「おいおい、何を言うとんや、このヤブ医者は！　よう聞けよ、ワシの嫁はん、さっきまで落ちてきた梁《はり》の下で、ウンウン唸っとったんやで、それを何とか引っぱり出して、直ぐに戸板に乗せて運んできたんやないか、なんとかしたらんかい！」

「気の毒やけどな、奥さん、心肺停止いうてな、もう心臓も呼吸も止まってしもてるんや！」

「ア、アホ抜かせ、体が、まだ、あったかいやないか！」

「気持ちはようわかるけどな、ご主人、この状況では、どうしようもないんや、ええか、死亡確認するで」

「な、なんやと！」

このシナリオで求められるのは、入念に施された傷病者役の迫真のメーキャップではなく、救護所のトリアージ・オフィサーの手によって黒色のトリアージ・タッグをくりつけられ、遺体安置所行きを命ぜられた親や子、あるいは妻や夫の傍らにいるそんな家族達の、それこそトリアージ・オフィサーの胸ぐらにつかみかからんばかりの、せっぱ詰まった演技なのだ。

それはきっと、救命センターの医者によって霊安室送りを「決断」されてしまった、あの子供の母親のそれと同じものである。

そんな家族の想いを断ち切れてこそ、有能なトリアージ・オフィサーなのであり、きっとまた、いっぱしの救命センターの医者になれるに違いない。

解説

辰濃和男

一九九九年六月のある日、浜辺祐一さんの勤める救命救急センター(都立墨東病院)に電話があった。

「日本エッセイスト・クラブ賞」の受賞を知らせるものだった。受賞作は『救命センターからの手紙』(注)である。

浜辺さんはそのとき、病院の地下で病理解剖の最中だった。電動ドリルの金属音が部屋に響いている。電話の声がよく聞こえない。

「えっ、だれが『えせ医者』ですって?」

そんなことを大声でしゃべってしまうような感じでした、と浜辺さんはいう。よく聞くと、えせ医者ではなくてエッセイストだった。クラブ賞の受賞を知らせる電話だった。

「受賞の知らせだとわかった時は、驚きと同時にほんとうに嬉しかったのですが、しかし、目の前にあの世に旅立っていかれた方が横たわってらっしゃるわけですから、正直どんな顔をしていいのやら、複雑な思いでした」

賞の贈呈式で、そんなあいさつをしていた。

「いなせ」という言葉は最近、あまり使われなくなったが、浜辺さんには、粋で、きっぷがよくて、勇みはだの兄貴という感じがある。江戸の下町娘が心を騒がすような、そんな雰囲気がある。

＊

同時に、受賞記念パーティーで見かけた兄貴の周辺にはまぎれもなく救命救急センターの現場のにおいがただよっていた。修羅場のにおいといってもいいのだろうか。

床に飛ぶ血飛沫《ちしぶき》。冷えた血の臭い。

血みどろの骨。どす黒い肉の固まり。

鼻がひん曲りそうなタール便の臭い。

そういう現場でメスを取りつづけている人のもつ独特の雰囲気——軽やかな身のこなし、ものごとに動じない冷静な表情、といったものがあって、まことに勝手な押しつけだが、このお医者さんなら生死を託するに足る、という気持ちにさせる存在感があった。

＊

「救命センターの医者の役割って、いったい何だと思う」

この本の中で、先輩当直医が研修医にたずねる。この当直医は浜辺さん自身かもしれないが、この本では明らかにされていない。研修医はこう答える。

「やっぱり、命を救うってことじゃないですか」

「残念ながら、命を救うということだけでは正解にならないな」

たとえば、どう治療し、どう手術をしてもどうにもならない場合がある。

「切断」の章にこんな話があった。

トラックに轢《ひ》かれた六十すぎの男性が重体で担ぎ込まれたことがある。頭蓋骨骨折、脳挫傷、右肺破裂、右下肢轢断《れきだん》、左大腿骨・脛骨《けいこつ》骨折などで意識はなかった。多発外傷である。右足切断やそのほかの手術が何度も繰り返された。加えて、敗血症の兆しがでてきた。左足も切断するほかはない。そのことを家族に告げた。そのとき、妻がいった。

「そんな手術、先生、絶対にやらないで下さい！」

「もう、いい加減にして下さい。主人の体、もうぼろぼろじゃあないですか」

手術は行われず、患者はまもなく息を引き取った。浜辺さんは書く。

「救命しようとすることだけが、医者の、あるいは救命センターのスタッフの役割ではない。何をどうやっても助からない患者を、いかにその人らしく安らかに往生させるか、それも、救命センターの医者の役目なのであり、誤解を恐れずにいうなら、最も得意としなければならないことのひとつなのである」

浜辺祐一の本がよく読まれる理由は、文体の軽快さにある。臨場感がある。医療最前線の生きた情報がある。が、それだけでない。もっとも大きな理由は、患者の立場を重んずる姿勢にあるのではないか。「医療者の単なる自己満足」を厳しく省みる姿勢にあるのではないか。人間の苦しさ、生きようとするものの力、けなげさ、哀しさ、尊厳、家族の思い、そういうものをきちんとみつめて患者に対応する医者の姿が共感を呼ぶのではないか。

＊

なぜ「ドクター・ファイル」の形で救命センターの記録を書きつづけているのか。浜辺さんは、クラブ賞贈呈式のあいさつでこういっている。

「（病院での日々のできごとを書くのは）私にとって、病理解剖のようなものなのかもしれません。（略）書くということは、私にとってその病理解剖と同じように、自分自身を反省する場、つまり、いったい自分はここで何をしているのか、何のために医者をやっているのか……そうした、いわば自分のアイデンティティを確認するという作業なんだろうと思っております」

病理解剖というのは、患者の遺体を解剖し、死亡の原因、治療や手術とのかかわりを調べるものだが、臨床医にとってはとても怖いものだという。病理のドクターがひとりの患者の死にいたるまでの経過を検証するように、浜辺さんは、患者たちの生と死を、家族たちの思いを、自分たちの行った医療行為を、医療行為の背後にある医療保険制度のことまでも、しっかりと見つめている。

本書を読めば、救命センターというところがいかにすさまじいところで、瞬時の判断が患者の生死を左右する場所であるかがわかる。浜辺さんはいう。

「次から次へと瀕死の重症患者さんばかりが運ばれてくる救命救急センターのようなところに長くおりますと、そうした患者さんを、それこそ、流れ作業のように扱ってしまい、ついつい独りよがりの判断をしてしまいがちになります」

その結果、人の命や人生というものを軽々しく扱ってしまったことがなかったかどうか。そういうことを振り返るために文章を書きつづけるのだという。

私自身、自分の仕事の「病理解剖」をおろそかにしていながらいうのは気がひけるが、自分の後ろ姿を冷静にみつめる努力を常に怠らないかどうか。人間の真価がきまるのはそこらあたりにあるのかもしれない。

浜辺さんが、自分の仕事の「病理解剖」をつづけた結果、生まれたのがこの本だ。この本は書斎で生まれたのではなく、研究室や会議室で生まれたのでもなく、まさしく血なまぐさい外傷外科の現場、生と死の境目にある関所に仁王立ちする医師、看護師集団の現場から生まれたのだ。どの部分を切り取っても、そこにはなまなましい救命の現場がある。

＊

救命センターには交通事故の犠牲者もくる。作業現場の事故にまきこまれた重症者もくる。同時に「何度血を吐いて死線をさまよっても、喉元《のどもと》すぎれば、また酒を食らって、救急車で担ぎ込まれてくるアルコール性肝硬変の酔っぱらい」もくる。「何本折っても、またどこか別の骨を折ってやってくる血塗《ちまみ》れの暴走バイク野郎」もくる。

バイクで事故を起こした高校生の親がセンターにかけつけた。ご迷惑をかけましたというあいさつもなく、「息子の顔の傷跡が残るかどうか」を心配する親に対して、整形外科医が怒るくだりがある。

「この救命センターには、あんたたちの息子のような連中に傷つけられた患者が、それこそ山ほど担ぎ込まれてくるんだ、わからないいんですか。そんな理不尽なことで命を落とさなければならなかった人間の気持ちが、あんたたちにはわからないんですか」

＊

こんな話もある。

「はっきり言いましょう、奥さん、もう手遅れなんです、こんな風になってからは、何をやっても、もう遅いんですよ。……奥さん、本当にご主人のことを思うんだったら、もっと若い時に、何としてでも、酒を控えさせるべきだったんですよ。首に縄付けてでも医者につれてくべきだったんです！」

肝硬変で口から噴水のように血を噴き出させる患者の応急手当てをしたあと、当直医が患者の妻にそういった。手遅れだった。厳しい言葉は、浜辺さんの「患者予備軍への伝言」だ。

若い医者は「できるだけ引っ張って長くもたせてやるってことじゃないでしょうか、輸血して……」という。当直医は激しく反論する。「これ以上、どうしろっていうんだ、まったく、いいか、自業自得なんだよ、好きで浴びるように酒を飲んでいてこうなったんだ、……」「何十人もの善意の人が献血してくれた血液製剤が、湯水のごとく使われるんだぞ、……そんなこと、医者として許せるもんか！」

意識もなく、人工呼吸器につながれた患者は三日後、息を引き取った。徒労だとわかっていても治療を続けるか。延命治療を打ち切るか。医療の現場では常にある議論なのだろう。このほかにも、たくさんの議論がこの本にはでてくる。そういう議論を書き留めながら、浜辺さんはつぶやく。

「結論などがそう簡単に出るはずもない」

「正論が正論にならないてえのが、これまた医療の常なんだよな」

あるいは、「この患者さんを、いったい何のために、生かし続けているんでしょうか」とつっかかる研修医に対しては、肚のなかでいう。「まあ、そうつっかかるなよ、なあに、なにごとに対しても、そんなにすっきりとした答を簡単に出せないってえのが、救命救急医療……いや医療そのものってことなんだぜ」

医療の現場でぶつかる複雑な様相はまさに「結論などそう簡単には出せない」たぐいのものが多いのだろう。すっきりした答の出しにくい状況に生きながら、いやおうなく、人の命に直面せざるをえない。しんどい世界を生き抜いておられるなあ、と思う。

だからだろう。この本が一人一人の患者の固有の死にしっかりと直面していればいるほど、いまの日本人の「生の現実」が鮮やかに浮かび上がってくるのだ。

（注）『救命センターからの手紙』は本書の前作にあたる。集英社文庫。

この作品は二〇〇一年九月、集英社より刊行されました。

集英社文庫　目録（日本文学）

萩原朔太郎　青猫　萩原朔太郎詩集
爆笑問題　爆笑問題の世紀末ジグソーパズル
爆笑問題　爆笑問題時事少年
爆笑問題　爆笑問題の今を生きる！
爆笑問題　爆笑問題のそんなことまで聞いてない
爆笑問題　爆笑問題のふざけんな、俺たち!!
橋本治　蝶のゆくえ
橋本治　夜
橋本紡　九つの、物語
橋本裕志　フレフレ少女
馳星周　ダーク・ムーン(上)(下)
馳星周　約束の地で
はた万次郎　北海道田舎移住日記
はた万次郎　北海道青空日記
はた万次郎　ウッシーとの日々　1
はた万次郎　ウッシーとの日々　2

はた万次郎　ウッシーとの日々　3
はた万次郎　ウッシーとの日々　4
花井良智　美しい隣人
花井良智　はやぶさ　遥かなる帰還
花村萬月　ゴッド・ブレイス物語
花村萬月　渋谷ルシファー
花村萬月　風に舞う
花村萬月　風転(上)(中)(下)
花村萬月　虹列車・雛列車
花村萬月　錏《あ》娥《が》哢《る》妅《た》(上)(下)
花家圭太郎　暴れ影法師　花の小十郎見参
花家圭太郎　荒舞　花の小十郎始末
花家圭太郎　乱《みだれ》舞《まい》　花の小十郎京はぐれ
花家圭太郎　八丁堀春秋
花家圭太郎　日暮れひぐらし　八丁堀春秋
花家圭太郎　鬼しぐれ　花の小十郎はぐれ剣

帚木蓬生　エンブリオ(上)(下)
帚木蓬生　インターセックス
浜辺祐一　こちら救命センター　病棟こぼれ話
浜辺祐一　救命センターからの手紙　ドクター・ファイルから
浜辺祐一　救命センター当直日誌
浜辺祐一　救命センター部長ファイル
早坂茂三　男たちの履歴書
早坂茂三　政治家は「悪党」に限る
早坂茂三　意志あれば道あり
早坂茂三　元気が出る言葉
早坂茂三　オヤジの知恵
早坂茂三　怨念の系譜
早坂倫太郎　不知火《しらぬい》清十郎　龍琴の巻
早坂倫太郎　不知火清十郎　鬼琴の巻
早坂倫太郎　不知火清十郎　血風の巻
早坂倫太郎　不知火清十郎　辻斬り雷神

集英社文庫　目録（日本文学）

早坂倫太郎　不知火清十郎　将軍密約の書
早坂倫太郎　不知火清十郎　妖花の陰謀
早坂倫太郎　不知火清十郎　木乃伊斬り
早坂倫太郎　不知火清十郎　夜叉血殺
早坂倫太郎　波浪島の刺客　弦四郎　鬼神斬り
早坂倫太郎　毒牙狩り　波浪島の刺客
早坂倫太郎　天海僧正の予言書　波浪島の刺客
林えり子　田舎暮しをしてみれば
林望　マーシャに
林望　りんぼう先生おとぎ噺《ばなし》
林望　リンボウ先生の閑雅なる休日
林望　小説集　絵の中の物語
林望　リンボウ先生の日本の恋歌
林真理子　ファニーフェイスの死
林真理子　トーキョー国盗り物語
林真理子　東京デザート物語
林真理子　葡萄物語
林真理子　死ぬほど好き
林真理子　白蓮れんれん
林真理子　年下の女友だち
林真理子　グラビアの夜
林田慎之助　諸葛孔明
林田慎之助　人間三国志　覇者の条件
早見和真　ひゃくはち
原宏一　ムボガ
原宏一　かつどん協議会
原宏一　極楽カンパニー
原宏一　シャイン！
原民喜　夏の花
原田宗典　優しくって少しばか
原田宗典　スバラ式世界
原田宗典　しょうがない人
原田宗典　日常ええかい話
原田宗典　むむの日々
原田宗典　元祖スバラ式世界
原田宗典　できそこないの出来事
原田宗典　十七歳だった！
原田宗典　本家スバラ式世界
原田宗典　平成トム・ソーヤー
原田宗典　貴方には買えないもの名鑑
原田宗典　大サービス
原田宗典　すんごくスバラ式世界
原田宗典　幸福らしきもの
原田宗典　少年のオキテ
原田宗典　笑ってる場合
原田宗典　はらだしき村
原田宗典　大変結構、結構大変。　ハラダ九州温泉三昧の旅
原田宗典　吾輩ハ作者デアル

集英社文庫　目録（日本文学）

原田宗典　私を変えた一言
原田康子　星の岬(上)(下)
原山建郎　からだのメッセージを聴く
春江一也　プラハの春(上)(下)
春江一也　ベルリンの秋(上)(下)
春江一也　カリナン
春江一也　ウィーンの冬(上)(下)
春江一也　上海クライシス(上)(下)
坂東眞砂子　桜雨
坂東眞砂子　屍の聲(かばねのこえ)
坂東眞砂子　ラ・ヴィタ・イタリアーナ
坂東眞砂子　曼《まん》荼《だ》羅《ら》道《どう》
坂東眞砂子　快楽の封筒
坂東眞砂子　花の埋葬　24の夢想曲
坂東眞砂子　鬼に喰われた女　今昔千年物語
坂東眞砂子　逢はなくもあやし

半村良　雨やどり
半村良　晴れた空(上)(中)(下)
半村良　かかし長屋
半村良　すべて辛抱(上)(下)
半村良　産霊《むすびの》山《やま》秘《ひ》録《ろく》
半村良　石の血脈
半村良　江戸群盗伝
東直子　水銀灯が消えるまで
東野圭吾　分身
東野圭吾　あの頃ぼくらはアホでした
東野圭吾　怪笑小説
東野圭吾　毒笑小説
東野圭吾　白夜行
東野圭吾　おれは非情勤
東野圭吾　幻夜
東野圭吾　黒笑小説

東野圭吾　歪笑小説
東山彰良　路傍
樋口一葉　たけくらべ
備瀬哲弘　精神科ER　緊急救命室
備瀬哲弘　うつノート　精神科ERに行かないために
備瀬哲弘　精神科ER　鍵のない診察室
日野原重明　私が人生の旅で学んだこと
姫野カオルコ　A.B.O.AB
姫野カオルコ　愛はひとり
姫野カオルコ　みんな、どうして結婚してゆくのだろう
姫野カオルコ　ひと呼んでミツコ
姫野カオルコ　サイケ
姫野カオルコ　すべての女は痩せすぎである
姫野カオルコ　よるねこ
姫野カオルコ　ブスのくせに！最終決定版
姫野カオルコ　結婚は人生の墓場か？

集英社文庫　目録（日本文学）

平井和正　決定版　幻魔大戦（全十巻）
平井和正　時空暴走　気まぐれバス
平井和正　インフィニティー・ブルー（上）（下）
平岩弓枝　華やかな魔獣
平岩弓枝　結婚飛行
平岩弓枝　釣女　花房一平捕物夜話
平岩弓枝　女櫛　花房一平捕物夜話
平岩弓枝　女のそろばん
平山夢明　他《ひ》人《と》事《ごと》
ひろさちや　現代版　福の神入門
ひろさちや　ひろさちやの　ゆうゆう人生論
広瀬和生　この落語家を聴け！
広瀬　隆　東京に原発を！
広瀬　隆　赤い楯　全四巻
広瀬　隆　恐怖の放射性廃棄物　プルトニウム時代の終り
広瀬　正　マイナス・ゼロ
広瀬　正　ツィス
広瀬　正　エロス
広瀬　正　鏡の国のアリス
広瀬　正　T型フォード殺人事件
広瀬　正　タイムマシンのつくり方
廣瀬裕子　ドロップ
広谷鏡子　不随の家
広中平祐　生きること学ぶこと
ビートたけし　ビートたけしの世紀末毒談
ビートたけし　ザ・知的漫才　結局わかりませんでした
アーサー・ビナード　出世ミミズ
アーサー・ビナード　空からきた魚
深田祐介　翼の時代　フカダ青年の戦後と恋
福井晴敏　テアトル東向島アカデミー賞
福本清三　小田豊二　どこかで誰かが見ていてくれる　日本一の斬られ役　福本清三
福本清三　小田豊二　おちおち死んでられまへん　斬られ役ハリウッドへ行く
藤木　稟　スクリーミング・ブルー
藤沢　周　愛人
藤田宜永　鼓動を盗む女
藤田宜永　はなかげ
藤田宜永　愛さずにはいられない
藤本義一・選　日本ペンクラブ編　心中小説名作選
藤本ひとみ　快楽の伏流
藤本ひとみ　ノストラダムスと王妃（上）（下）
藤本ひとみ　離婚まで
藤本ひとみ　令嬢テレジアと華麗なる愛人たち
藤本ひとみ　ブルボンの封印（上）（下）
藤本ひとみ　ダ・ヴィンチの愛人
藤本ひとみ　マリー・アントワネットの恋人
藤本ひとみ　令嬢たちの世にも恐ろしい物語
藤本ひとみ　皇后ジョゼフィーヌの恋
冨士本由紀　包帯をまいたイブ

集英社文庫

救命《きゅうめい》センター当直日誌《とうちょくにっし》

2004年9月25日　第1刷
2012年6月6日　第10刷

定価はカバーに表示してあります。

著　者　浜辺祐一《はまべゆういち》

発行者　加藤　潤

発行所　株式会社　集英社
東京都千代田区一ツ橋2-5-10　〒101-8050
電話　03-3230-6095（編集）
03-3230-6393（販売）
03-3230-6080（読者係）

印　刷　凸版印刷株式会社

製　本　凸版印刷株式会社

フォーマットデザイン　アリヤマデザインストア　マークデザイン　居山浩二

ISBN978-4-08-747742-9 C0195